Ci siamo

Ausgabe A
Grammatisches Beiheft

C.C.Buchner

Ci siamo

Ausgabe A
Unterrichtswerk für Italienisch
Herausgegeben von Anne-Rose Fischer unter beratender Mitarbeit von Paola Bernabei und Sonja Schmiel

Grammatisches Beiheft
Erarbeitet von Christian Aigner, Claudia Assunta Braidi und Martin Stenzenberger

Bildnachweis: Adobe Stock/Sergii – Cover. **Aigner**, Christian, Rotthalmünster: Cover (o), S. 3

1. Auflage, 2. Druck 2021
Alle Drucke dieser Auflage sind, weil untereinander unverändert, nebeneinander benutzbar.

Dieses Werk folgt der reformierten Rechtschreibung und Zeichensetzung. Ausnahmen bilden Texte, bei denen künstlerische, philologische oder lizenzrechtliche Gründe einer Änderung entgegenstehen.

Redaktion: Caroline Meidenbauer
Layout und Satz: PER Medien & Marketing GmbH, Braunschweig
Umschlag: tiff.any GmbH, Berlin
Druck und Bindung: mgo360 GmbH & Co. KG, Bamberg

www.ccbuchner.de

ISBN 978-3-7661-**39301**-8

Vorwort

Cari studenti,

wie schön, dass ihr euch entschlossen habt, Italienisch zu lernen! *Ci siamo* wird euch dabei begleiten, und das Grammatische Beiheft wird euch dabei helfen, die Grammatik der italienischen Sprache systematisch zu erlernen.

Dabei hat das Grammatische Beiheft eine doppelte Funktion:

Zum einen dient es euch als umfangreiches Nachschlagewerk, mit dem ihr euch auch auf Prüfungen vorbereiten könnt. Zum anderen lädt euch das Schülerbuch bei der Erarbeitung der neuen Grammatik immer wieder dazu ein, eine Regel für ein neues Sprachphänomen zu formulieren. Eure Ideen könnt ihr dann mithilfe der Grammatik überprüfen.

Der Aufbau der Grammatik orientiert sich an dem des Schülerbuchs. Sie beginnt mit Kapitel 0, das dem *Ingresso* des Schülerbuchs entspricht. Alle weiteren Kapitel entsprechen der Lektionsnummer des Schülerbuchs. Die einzelnen Kapitel der Grammatik sind in der Regel so angeordnet, wie sie im Schülerbuch präsentiert werden. Im Buch findet ihr immer einen Verweis auf das entsprechende Kapitel in der Grammatik, so dass ihr euch leicht orientieren könnt.

Jedes Kapitel schließt mit *Autocontrollo*-Übungen, anhand derer ihr eure Kenntnisse selbstständig überprüfen könnt. Die Lösungen findet ihr am Ende des Grammatischen Beihefts ab Seite 132.

Wir wünschen euch viel Spaß und Erfolg beim Erlernen der schönsten Sprache der Welt!

Euer *Ci siamo*-Team

Inhalt

Ingresso

0.1 L'alfabeto italiano Das italienische Alphabet

a /a/	**b** /bi/	**c** /tʃi/	**d** /di/	**e** /e/	**f** /effe/
g /dʒi/	**h** /akka/	**i** /i/	**l** /elle/	**m** /emme/	**n** /enne/
o /o/	**p** /pi/	**q** /ku/	**r** /erre/	**s** /esse/	**t** /ti/
u /u/	**v** /vu, vi/	**z** /zeta/			
j /i lunga/	**k** /kappa/	**w** /doppia vu, vi/	**x** /iks/	**y** /i greca, ipsilon/	

Das eigentliche italienische Alphabet weist nur 21 Buchstaben auf. Die fünf im Vergleich zum Deutschen fehlenden Buchstaben „j", „k", „w", „x" und „y" finden sich fast nur in Fremdwörtern, z. B. yogurt, xilofono oder als SMS-Abkürzungen, z. B. xké = perché.
Der Buchstabe „h" wird im Italienischen nicht ausgesprochen, ist allerdings für die Schreibung äußerst wichtig, da er der Unterscheidung gleichklingender Wörter dient.
ho = *ich habe* ⟷ o = *oder*
hanno = *sie haben* ⟷ anno = *Jahr*
Die Buchstaben sind im Italienischen **weiblich**, man sagt also z. B. una „i", una „r", una doppia „vu".

0.2 La pronuncia e la grafia Die Aussprache und Schreibung

0.2.1 La pronuncia Die Aussprache

Grundsätzlich werden im Italienischen die Vokale meist offener (z. B. cosa, caffè) und die Konsonanten weicher als im Deutschen gesprochen, dies gilt insbesondere für „b", „d", „g", z. B. bene, blog, buongiorno, Dante, gatto, grazie.
Auch wenn die Aussprache meist der Schreibung entspricht, müssen folgende Besonderheiten beachtet werden:

La pronuncia delle consonanti Die Aussprache der Konsonanten

Buchstabe/Buchstabenfolge	Aussprache	Beispiele
c (vor a, o, u) **ch**	/k/	casa, ecco, cuore chi, perché, mi chiamo
c (vor e und i) **ci** (vor a, o, u)	/tʃ/ wie dt. *Matsch* (Das „i" ist hier also lautlos.)	cena, cellulare, Celentano, vicino, Vinci, arrivederci ciao, aranciata, bacio, fanciulla
g (vor a, o, u) **gh**	/g/	Gabriele, gatto, governo, Liguria spaghetti, ghetto, laghi
g (vor e und i) **gi** (vor a, o, u)	/dʒ/ wie engl. *job* (Das „i" ist hier also lautlos.)	Germania, gente, Alto-Adige, gita mangiare, Gianna, giornalista, giusto
gl	/ʎ/ etwa wie in *Million*	tagliatelle, famiglia, figlio, Puglia

Buchstabe/Buchstabenfolge	Aussprache	Beispiele
gn	/ɲ/ etwa wie in *Kognac*	Bologna, cognome, signora, lasagne
qu	/kw/ deutlicheres /w/ als im Deutschen und mit gerundeten Lippen gesprochen	quando, quasi, cinque, questo, acqua
sc (vor a, o, u) **sch** (vor e und i)	/**sk**/	tedesca, tedesco, Lambrusco, scuola scherzo, bruschetta, schifo
sc (vor e und i) **sci** (vor anderen Vokalen)	/ʃ/ wie dt. *Schein* (Das *i* ist also lautlos.)	conoscere, sci scientifico, prosciutto, sciatto

Bei der Konsonantenfolge „gi" (*Gianna, giornalista*) und „ge" (*Germania, gente*) ist auf die für viele Deutsche nicht geläufige Stimmhaftigkeit zu achten.
Besonderes Augenmerk verdienen die Doppelkonsonanten (*le (consonanti) doppie*), die stärker betont werden, wodurch der vorausgehende Vokal gekürzt wird.
Beispiele: su**cc**o, ca**ff**è, be**ll**o, sore**ll**a, Gia**nn**a, va**nn**o, a**nn**o, ca**pp**u**cc**ino, espre**ss**o, ingre**ss**o, profe**ss**ione, fi**ss**o, pi**zz**a, raga**zz**o
Im Italienischen gibt es eine Reihe von Wörtern, bei denen die Konsonantendoppelung nicht nur eine unterschiedliche Aussprache bewirkt, sondern sogar zu einem völlig neuen Wort führt. Man achte hier auch auf die teilweise völlig unterschiedliche Betonung!

i giovani	*die jungen Leute*
il camino	*der Kamin*
odio	*ich hasse*
la casa	*das Haus*
la coca cola	*die Coca Cola*
caro	*lieb, teuer*
la tuta	*der Overall/Trainingsanzug*

Giovanni	*Johannes*
cammino	*ich gehe*
Oddio!	*Oh Gott!*
la cassa	*die Kasse*
la cocca	*der Liebling*
il carro	*der Karren*
tutta	*ganz, all* (Adj. im Femininum)

La pronuncia delle vocali Die Aussprache der Vokale

Die Vokale werden im Italienischen meist viel offener ausgesprochen als im Deutschen (caffè, telefono, cosa, ho, trovo). Zu weiteren Besonderheiten einzelner Vokale siehe 0.3.
Bei Vokalverbindungen sind folgende Eigenheiten des Italienischen zu beachten:

mangiare, ciao, bacio, giorno, giocare, Giovanni	Das *-i* wird, solange es nicht betont wird, nach *c* und *g* nicht ausgesprochen (vgl. 0.3.1).
Europa, euro, paura liceo, zaino, lui, poi paese, niente, siete, viaggio, chiamare	Bei Diphthongen werden entweder • beide Vokale getrennt gesprochen, • der erste von beiden betont, • oder der zweite von beiden betont.
Aiuto! *Hilfe!* l'aiuola *das Beet* il cuoio *das Leder*	Folgen drei oder gar vier Vokale aufeinander, werden diese alle ausgesprochen, wobei meist der letzte betont wird.

0.2.2 La grafia Die Schreibung

Im Italienischen werden – im Unterschied zum Deutschen – auch die meisten Substantive kleingeschrieben (z. B. la casa = *das Haus*). Eine Großschreibung ist nur in folgenden – relativ wenigen – Fällen erforderlich:

- am **Satzanfang**: Ciao! Mi chiamo Nemore. Sono un vicino.
- bei **Eigennamen**: Italia, Lazio, Roma, Via dei Torriani, la famiglia Monti: Simone, Valerio, Marta, Gabriele
- häufig bei **Institutionen** und **Amtsbezeichnungen**: lo Stato, il Presidente della Repubblica, le Nazioni Unite, la Scuola Germanica, la Chiesa (*die Kirche*)
- bei **Festen**: Natale (*Weihnachten*), Pasqua (*Ostern*)
- bei **Wörtern**, mit denen eine zu siezende Person angesprochen wird: la Sua lettera (*Ihr Brief*), Lei è molto gentile. (*Sie sind sehr nett.*), ArrivederLa, signor Monti! (*Auf Wiedersehen, Herr Monti!*)

Um zu vermeiden, dass zwei Vokale über Wortgrenzen hinweg aufeinandertreffen, wird häufig – allerdings nur im Singular – der auslautende Vokal des ersten Wortes durch ein Apostroph ersetzt, wie folgende Beispiele zeigen:

- **l'**amico, **l'**amica, **un'**amica, **l'**inglese, **l'**italiano, **l'**informazione (*die Information*); aber: **le** informazioni (*die Informationen*)
- quell'informazione (*jene Information*); aber: quel**le** informazioni
- **d'**estate (statt: **di** estate = *im Sommer*)

0.3 L'accento Die Betonung

0.3.1 L'accento Die Betonung

Die meisten italienischen Wörter werden auf der **vorletzten Silbe** betont (vgl. das Penultimagesetz im Lateinischen), doch bei über einem Viertel der Wörter liegt die Betonung auf einer anderen Silbe, welche sowohl im Vokabelteil des Schülerbandes als auch in der hier vorliegenden Grammatik **unterstrichen** wird.

Die Betonung auf der **letzten** Silbe wird bei mehrsilbigen Wörtern immer durch einen Akzent angezeigt.	papà, città, virtù, può, così, perché, università, Niccolò
Betonung auf der **vorletzten** Silbe (fast drei Viertel des Wortschatzes)	cognome, professione, indirizzo, signora, appartamento, palazzo romano, cellulare, parliamo, tedesco
Betonung auf der **drittletzten** Silbe	Napoli, Cesare, il numero di telefono, il dialogo, la regola, il cinema, austriaco, si chiamano, parlano, comprano
Betonung auf der **viertletzten** Silbe	telefonano, abitano

Nota bene

- Die **dritte Person Plural** wird entweder auf der **dritt- oder viertletzten Silbe** betont, in der Regel fällt die Betonung auf dieselbe Silbe **wie in der ersten Person Singular**.
  parlo ⟶ parlano, telefono ⟶ telefonano
- In der Buchstabenfolge „cio", „cia", „gia", „gio" wird das „i" nur dann gesprochen, wenn es **betont** ist, also *farmacia* (Apotheke), *strategia*

Dagegen: ciao, buongiorno, maggio

- Je nachdem, auf welcher Silbe ein Wort betont wird, kann es **unterschiedliche Bedeutungen** haben.
  Beispiele:

ancora = *noch*	⟷	l'ancora = *der Anker*
leggere = *lesen*	⟷	leggere = *leicht* (Adj. im Femininum Plural)
i principi = *die Prinzen*	⟷	i principi = *die Prinzipien*
capito = *verstanden*	⟷	capito = *ich gerate*

0.3.2 L'accento grafico Der Akzent

Im Italienischen gibt es im Wesentlichen zwei Akzente, den *accento acuto* (*perch**é***) und den *accento grave* (***è**, pap**à***), vgl. den *accent aigu* und den *accent grave* im Französischen.
Der *accento grave* kann über allen Vokalen stehen (*papà, è, così, può, virtù*), während der *accento acuto* sich nur über einem „e" befinden kann (*perché, ventitré*).
Dabei ist folgender **Unterschied** zu beachten.

accento acuto		accento grave	
geschlossene Aussprache wie im Deutschen *Esel*	perché ventitré	**offene** Aussprache, mit dem deutschen ä vergleichbar	è, caffè

Bei einigen, meist einsilbigen Wörtern hat der Akzent eine **bedeutungsunterscheidende** Funktion.

è	er/sie/es ist	e	und
sé	sich (betont)	se	falls, wenn
dà	er/sie/es gibt	da	von, aus, bei, zu
il papà	der Papa	il papa	der Papst
lì	dort	li	sie (Personalpronomen im Plural)
sì	ja	si	sich, man
la metà	die Hälfte	la meta	das Ziel

Autocontrollo Ingresso

1 **Scrivi le parole nella colonna corrispondente al suono. Trage die folgenden Wörter in die jeweils richtige Tabellenspalte ein.**

1. gioco – giostra – gabbia – gelosia – ragù – agenzia – dialogo – ghiaccio – formaggio – funghi – gelato – gallo

g di gatto [g]	g di gelato [dʒ]
■	■

2. cornetto – carbonara – celeste – ciao – carina – casa – cinese – amici – amica – amiche – sedici – difficile

c di cane [k]	c di cena [tʃ]
■	■

3. scuola – scherzo – scimmia – scala – schiuma – sciarpa – sciare – scintilla – scarpe – scuro – scena – scampi

[sk]	[ʃ]
■	■

2 **Trova l'intruso! Welches Wort passt wegen der Aussprache nicht dazu?**

1. casa – chi – mi chiamo – ecco – ciao
2. gente – spaghetti – Germania – giusto – mangiare
3. tedesco – scuola – conoscere – schifo – Lambrusco
4. Celentano – arrivederci – cuore – bacio – vicino
5. Carlo – Chiara – Ciro – collana – culla

3 **Abbina le frasi delle due colonne. Verbinde die Sätze.**

1. Buongiorno e benvenuti!	a. Piacere.
2. Buongiorno, mi chiamo Ben.	b. Mi chiamo Nemore.
3. Come ti chiami?	c. Bene, e tu?
4. Come stai?	d. Grazie!
5. Grazie.	e. Prego.

4 **Metti nell'ordine giusto. Bilde aus dem Buchstabensalat einen sinnvollen Satz.**

1. vicinosonoun
2. chiamogabrielebuongiornomi
3. ivicininuovisonoloro
4. romabenvenutia
5. tuechiamiticome
6. neumannromaaisono

Lezione 1

1.1 I numeri cardinali da 1 a 20 Die Grundzahlen von 1 bis 20

1	uno	6	sei	11	undici	16	sedici
2	due	7	se**tt**e	12	dodici	17	dicia**ss**ette
3	tre	8	o**tt**o	13	tredici	18	diciotto
4	qua**tt**ro	9	nove	14	qua**tt**ordici	19	dicia**nn**ove
5	cinque	10	dieci	15	quindici	20	venti

Die **Grundzahlen** sind ihrer **Endung nach unveränderlich**. Die einzige Ausnahme bildet die Zahl *uno*, die auch für den unbestimmten Artikel verwendet wird, welcher in verschiedenen Formen auftreten kann, z. B. **uno** studente, **un** signore, **una** signora (vgl. 2.3).

1.2 I pronomi personali in funzione di soggetto Die Subjektpronomina

Singular			Plural		
1. Pers.	io	*ich*	1. Pers.	noi	*wir*
2. Pers.	tu	*du*	2. Pers.	voi	*ihr*
3. Pers.	lui, lei, Lei	*er/sie/Sie/es*	3. Pers.	loro, Loro	*sie, Sie*

L'uso Der Gebrauch

Valerio: **Io** sono Valerio. E **tu**, come ti chiami? Ben: **Io** mi chiamo Ben. E **lei** è Hannah. Siamo di Lipsia. Valerio: Allora siete tedeschi. **Voi** parlate bene le altre lingue. Ma **noi** italiani non siamo così bravi.	Im Unterschied zum Deutschen wird im Italienischen das Subjekt, wenn es sich aus dem Kontext ergibt, nicht eigens genannt. Die Subjektpronomina werden nur dann gebraucht, wenn eine Person besonders hervorgehoben oder ein Unterschied zwischen zwei Personen oder Gruppen verdeutlicht werden soll.

1.3 I verbi irregolari *essere, avere* e *stare* Die unregelmäßigen Verben *essere, avere* und *stare*

Il verbo irregolare *essere* Das unregelmäßige Verb *essere*

Singular	essere	*sein*	Plural	essere	*sein*
1. Pers.	sono	*ich bin*	1. Pers.	siamo	*wir sind*
2. Pers.	sei	*du bist*	2. Pers.	siete	*ihr seid*
3. Pers.	è	*er/sie/es ist*	3. Pers.	sono	*sie sind*

Il verbo irregolare *avere* **Das unregelmäßige Verb *avere***

Singular	avere	*haben*	Plural	avere	*haben*
1. Pers.	ho	*ich habe*	1. Pers.	abbiamo	*wir haben*
2. Pers.	hai	*du hast*	2. Pers.	avete	*ihr habt*
3. Pers.	ha	*er/sie/es hat*	3. Pers.	hanno	*sie haben*

Das Verb *avere* wird im Alltagsitalienisch sehr häufig verwendet und wird nicht immer mit „haben" übersetzt. Wichtiges Beispiel: Simone **ha** quindici anni. *Simone **ist** 15 Jahre alt.*

Il verbo irregolare *stare* **Das unregelmäßige Verb *stare***

Singular	stare	Plural	stare
1. Pers.	sto	1. Pers.	stiamo
2. Pers.	stai	2. Pers.	state
3. Pers.	sta	3. Pers.	stanno

Beachte den Doppelkonsonanten -nn- bei der 3. Person Plural von *stare* und *avere*: *sta**nn**o* und *ha**nn**o*.

Bei *stare* wird bewusst auf eine Übersetzung verzichtet, da dieses Verb je nach Kontext sehr unterschiedliche Bedeutungen annehmen kann.
Beispiele:
– Dov'è Nemore? *Wo ist Nemore?*
– Sta a casa. *Er ist/befindet sich zu Hause.*

– Ben, Hannah, come state? *Ben, Hannah, wie geht es euch?*
– Stiamo bene. *Uns geht es gut.*

Stai lì dove sei! *Bleib dort (stehen), wo du bist!*

Merkhilfe für die Konjugationsformen:
Bei **fast allen Verben**, auch bei nahezu allen unregelmäßigen, lässt sich die **2. Person Plural** immer vom **Infinitiv** ableiten: Man ersetzt einfach den vorletzten Buchstaben **r** mit einem **t**:
parla**r**e ⟶ parla**t**e
ave**r**e ⟶ ave**t**e

1.4 I verbi in -are Die Verben auf -are

La coniugazione dei verbi in -are: *parlare* **Die Konjugation der Verben auf -are: *parlare***

Singular	parlare	*sprechen*	Plural	parlare	*sprechen*
1. Pers.	parlo	*ich spreche*	1. Pers.	parliamo	*wir sprechen*
2. Pers.	parli	*du sprichst*	2. Pers.	parlate	*ihr sprecht*
3. Pers.	parla	*er/sie/es spricht*	3. Pers.	parlano	*sie sprechen*

Die Endung -a kann bei den Verben auf -are auch für den Imperativ der 2. Person Singular, d. h. für die Du-Form, stehen.
Scusa! = *Entschuldige!* Aspetta! = *Warte!*

La coniugazione dei verbi in -are **Die Konjugation der Verben auf -are: *studiare***

Singular	studiare	*lernen*	Plural	studiare	*lernen*
1. Pers.	studio	*ich lerne*	1. Pers.	studiamo	*wir lernen*
2. Pers.	studi	*du lernst*	2. Pers.	studiate	*ihr lernt*
3. Pers.	studia	*er/sie/es lernt*	3. Pers.	studiano	*sie lernen*

Da das -i- in *studio* nicht betont ist, endet die 2. Person Singular nur auf einem -i.

La coniugazione di *chiamarsi* **Die Konjugation von *chiamarsi***

Singular	chiamarsi	*heißen*	Plural	chiamarsi	*heißen*
1. Pers.	mi chiamo	*ich heiße*	1. Pers.	ci chiamiamo	*wir heißen*
2. Pers.	ti chiami	*du heißt*	2. Pers.	vi chiamate	*ihr heißt*
3. Pers.	si chiama	*er/sie/es heißt*	3. Pers.	si chiamano	*sie heißen*

Chiamarsi setzt sich aus *chiamare* und -si zusammen und bedeutet eigentlich *sich rufen/nennen*, *mi chiamo* heißt demnach wörtlich *ich nenne mich* (vgl. frz. *je m'appelle*).

1.5 I verbi *cercare* e *pagare* Die Verben *cercare* und *pagare*

La coniugazione del verbo *cercare* **Die Konjugation des Verbs *cercare***

Singular	cercare *suchen*	Plural	cercare
1. Pers.	cerco	1. Pers.	cer**ch**iamo
2. Pers.	cer**chi**	2. Pers.	cercate
3. Pers.	cerca	3. Pers.	cercano

La coniugazione del verbo *pagare* **Die Konjugation des Verbs *pagare***

Singular	pagare *zahlen, bezahlen*	Plural	pagare
1. Pers.	pago	1. Pers.	pa**gh**iamo
2. Pers.	pa**ghi**	2. Pers.	pagate
3. Pers.	paga	3. Pers.	pagano

Zur Erhaltung der k- bzw. g-Aussprache (des Infinitivs) wird in der 2. Person Singular und in der 1. Person Plural ein „h" eingefügt.

1.6 I sostantivi e gli aggettivi Die Substantive und die Adjektive

1.6.1 Le desinenze Die Endungen

Maskulinum		Femininum	
Singular	Plural	Singular	Plural
ragazz-**o**	ragazz-**i**	ragazz-**a**	ragazz-**e**
nuov-**o**	nuov-**i**	nuov-**a**	nuov-**e**
Die meisten Substantive und Adjektive auf -**o** sind **männlich**, der Plural lautet auf -**i**.		Viele Substantive und Adjektive auf -**a** sind **weiblich**, der Plural lautet auf -**e**.	

Occhio!

Achtung Abkürzungen:
la foto(grafia) ⟶ le foto(grafie); la moto(cicletta) ⟶ le moto(ciclette)

Maskulinum		Femininum	
Singular	Plural	Singular	Plural
signor-**e**	signor-**i**	origin-**e**	origin-**i**
grand-**e**	grand -**i**	grand-**e**	grand-**i**
Die Substantive und Adjektive auf **-e** können entweder **männlich** oder **weiblich** sein. Der Plural lautet unabhängig vom Geschlecht **immer auf -i**. Bei den Substantiven auf **-e** muss also immer das Geschlecht mitgelernt werden (z. B. l'origine **f.** = **feminin**, Pl.: le origini; aber: l'ordine **m.** = **maskulin**, Pl.: gli ordini)!			

!

Um die **Aussprache k** beizubehalten, erhalten Substantive, deren Stamm auf **c** oder **g** auslautet und die auf der **vorletzten Silbe betont** sind, vor der Endung ein **h** (z. B.: un tedesco – due tedeschi, un albergo – due alberghi, un'amica – due amiche,...)
Ausnahme:
un amico – due amici
Enden Wörter auf einen **Konsonanten** oder sind sie **endungsbetont**, so haben sie **keine eigene Pluralform** (z. B.: il bar – i bar, la città – le città)

1.6.2 Gli aggettivi Die Adjektive

Im Italienischen müssen die **Adjektive** in **Numerus** und **Genus** an ihr **Bezugswort angeglichen** werden. Man unterscheidet **zwei** Arten von Adjektiven.

Vierendige Adjektive
o → i
a → e
il gatto nero – i gatti neri
la valigia nera – le valigie nere

Zweiendige Adjektive
e → i
il signore inglese – i signori inglesi
la signora inglese – le signore inglesi

Bei **Adjektiven**, die auf **-co/-ca** bzw. **-go/-ga** enden und die **Betonung** auf der **vorletzten** Silbe tragen, muss im **Plural** ein **h** eingefügt werden.

Il ragazzo è tedesco.
I ragazzi sono tedeschi.
La ragazza è tedesca.
Le ragazze sono tedesche.

Bei **Adjektiven**, die auf **-co/-ca** bzw. **-go/-ga** enden und die **Betonung** auf der **drittletzten** Silbe tragen, muss nur im **Plural** des **Femininum** ein **h** eingefügt werden.

Il ragazzo è simpatico.
I ragazzi sono simpatici.
La ragazza è simpatica.
Le ragazze sono simpatiche.

1.6.3 La posizione Die Stellung

Häufig stehen die Adjektive *nach* dem Substantiv, das sie näher beschreiben.
Manche Adjektive jedoch, wie zum Beispiel *bello*, *buono*, *piccolo*, *grande*, *nuovo*, *vecchio* und *giovane* können auch **vorangestellt** werden, z. B. un bell'albergo.

1.6.4 La concordanza tra i sostantivi e gli aggettivi Die Übereinstimmung zwischen Substantiv und Adjektiv

Adjektive stimmen mit den **Substantiven**, auf die sie sich **beziehen**, in **Numerus** (Singular oder Plural) und **Genus** (männlich oder weiblich) überein.

	Maskulinum	**Femininum**
Substantive auf -**o** und -**a**	Quest**o** appartament**o** è nuov**o**. *Diese Wohnung ist neu.*	Quest**a** cas**a** è nuov**a**. *Dieses Haus ist neu.*
	Quest**i** appartament**i** sono nuov**i**. *Diese Wohnungen sind neu.*	Quest**e** cas**e** sono nuov**e**. *Diese Häuser sind neu.*
Substantive auf -**e**	Quest**o** signor**e** è grand**e** e simpatic**o**. *Dieser Herr ist großartig und sympathisch.*	La sua origin**e** è italian**a**. *Er ist italienischen Ursprungs.*
	Quest**i** signor**i** sono grand**i** e simpatic**i**. *Diese Herren/Herrschaften sind großartig und sympathisch.*	Le su**e** origin**i** sono italian**e**. *Seine Ursprünge sind italienisch.*

Besondere Aufmerksamkeit ist geboten, wenn das Substantiv und das dazugehörige Adjektiv nicht derselben Deklinationsklasse angehören, da sie trotz gegenseitiger Zugehörigkeit unterschiedliche Endungen aufweisen, was v. a. im Femininum Plural zu beachten ist: origin**i** italian**e** oder ragazz**e** ingles**i**.

Nota bene

Im Italienischen sind **fast alle Städte** (unabhängig von ihrer Endung) **feminin**. Deshalb sagt man nicht nur: Che bella Roma! *Wie schön doch Rom ist!*
sondern auch: Che bella Firenze/Bolzano/Berlino! *Wie schön doch Florenz/Bozen/Berlin ist!*

1.7 L'articolo determinativo Der bestimmte Artikel

Singular	Plural	Regel
Maskulinum		
il ragazzo	**i** ragazzi	**vor Konsonant**
l'anno	**gli** anni	**vor Vokal**
lo zio **lo** studio **lo** yogurt **lo** psicologo **lo** xilofono **lo** gnocco	**gli** zii **gli** studi **gli** yogurt **gli** psicologi **gli** xilofoni **gli** gnocchi	**vor s + Konsonant, j, x, y, z, ps, pn, gn**
Femininum		
la ragazza	**le** ragazze	**vor Konsonant**
l'amica	**le** amiche	**vor Vokal**

- Im Plural wird der Artikel nie gekürzt: **l'**amico, **l'**amica
  aber: **gli** amici, **le** amiche.
- Ein besonderes Augenmerk muss auf die weiblichen Substantive auf -e gelegt werden, da sich hier die Endung des Substantivs von der des Artikels deutlich unterscheidet.
  la madr**e** – **le** madr**i**, **l'**origine **f.** – **le** origin**i**

Im Unterschied zum Deutschen wird in folgenden Fällen ein Artikel verwendet:

La fisica è difficile. *Physik ist schwer.*	(Schul-)Fächer
Suonare **la** chitarra. *Gitarre spielen*	Musikinstrumente
Il calcio non mi piace. *Ich mag Fußball nicht.*	Sportarten
L'Austria è un paese piccolo. *Österreich ist ein kleines Land.* **La** Sicilia è bella. *Sizilien ist schön.*	Länder, Inseln
Il signor Monti sta bene. *Herrn Monti geht es gut.* **La** professoressa Rossi *Frau (Professorin) Rossi* aber: Signor Monti, come sta? *Herr Monti, wie geht es Ihnen?*	„Herr", „Frau" und Berufsbezeichnung Kein Artikel bei einer Anrede!

Nota bene

Umgekehrt gilt, dass bei Straßenangaben im Unterschied zum Deutschen kein Artikel steht.
La signora Neumann abita **in** Via dei Torriani. *Frau Neumann wohnt in **der** Via dei Torriani.*

1.8 Ecco

Ecco i libri. *Hier/Da sind die Bücher.* Ecco mia sorella. *Hier ist meine Schwester.*	Mit dem Wort *ecco* **weist** man auf **jemanden** oder **etwas hin**, der/das sich in der **Nähe** befindet (vgl. lateinisch *ecce*). Es steht **ohne Verb** und ist **unveränderlich**.

1.9 La preposizione *di* in funzione possessiva Die Präposition *di* zur Angabe des Besitzers

La scrivania **di** Valerio è nuova. *Valerios Schreibtisch ist neu.* I libri **di** Ornella e Gemma sono belli. *Ornellas und Gemmas Bücher sind schön.* Siamo **di** Roma. *Wir sind aus Rom.*	Die **Präposition** *di* gibt den **Besitzer** bzw. **Eigentümer** an und wird meist verwendet, um den deutschen **Genitiv** wiederzugeben. *Di* kann auch die **Herkunft** angeben.

1.10 Gli aggettivi possessivi Die Possessivbegleiter

1.10.1 Le forme Die Formen

Singular				**Plural**			
Maskulinum		**Femininum**		**Maskulinum**		**Femininum**	
il	mio	la	mia	i	miei	le	mie
	tuo		tua		tuoi		tue
	suo		sua		suoi		sue
	nostro		nostra		nostri		nostre
	vostro		vostra		vostri		vostre
	loro		loro		loro		loro

1.10.2 L'uso Der Gebrauch

Anders als im Deutschen wird im **Italienischen** der **Possessivbegleiter** bis auf wenige Ausnahmen immer **mit dem bestimmten Artikel** verwendet, z. B. il mio amico = *mein Freund.* Wird auf eine unbestimmte Person oder Sache verwiesen, steht der unbestimmte Artikel, z. B. Hannah va a ballare con un suo amico. *Hannah geht mit einem ihrer Freunde tanzen.*
Der Possessivbegleiter steht stets vor dem Bezugswort.

Ecco **il mio** studio!
Hier ist mein Arbeitszimmer!
Qui trovi **i miei** libri.
Hier findest du meine Bücher.
Ornella è in centro con **le <u>sue</u>** amiche.
Ornella ist mit <u>ihren</u> Freundinnen im Zentrum.
Ornella e Gemma sono in centro con **le <u>loro</u>** amiche.
Ornella und Gemma sind mit <u>ihren</u> Freundinnen im Zentrum.
Ecco **la Sua** scrivania, signor Monti!
Hier ist Ihr Schreibtisch Herr Monti.
Ausnahme:
a casa **mia**/tua/sua/nostra/vostra/loro = *bei mir/dir/ihm/ihr/uns/euch/ihnen zu Hause*

Nota bene

Die Formen *suo, sua, suoi, sue* werden verwendet, wenn der **Besitzer** im **Singular** steht (vgl. oben: *Ornella*). Handelt es sich dagegen um **mehrere Besitzer** (vgl. oben *Ornella e Gemma*), wird *loro* verwendet, das **unveränderlich** ist. Dem deutschen Possessivbegleiter „ihr/ihre" entsprechen also – je nach Numerus des Bezugsworts – entweder *suo, sua, suoi, sue* oder *loro*. Im Gegensatz zum Deutschen macht das Italienische keinen Unterschied zwischen männlichem und weiblichem Besitzer: la sua macchina: *sein/ihr Auto.*

1.11 Il verbo *esserci*: *c'è* e *ci sono* Das Verb *esserci*: *c'è* und *ci sono*

Qui **ci sono** molti libri, ma **c'è** anche un computer. *Hier sind/gibt es viele Bücher, aber da ist/gibt es auch einen Computer.* – **C'è** Ornella? – No, Ornella non **c'è**. – *Ist* Ornella *da? – Nein,* Ornella *ist nicht da.*	*C'è* und *ci sono* geben Auskunft über das **Vorhandensein** einer **Person** oder **Sache**. *Ci*, das in Verbindung mit der Verbform *è* zu *c'è* verkürzt wird, heißt eigentlich „da, dort" und verweist auf einen **Ort**.

Nota bene

Der deutsche Ausdruck „es gibt" ist – je nach **Numerus des Subjekts** – mit *c'è* (Singular) oder *ci sono* (Plural) zu übersetzen.

Autocontrollo 1

1 **Coniuga i seguenti verbi all'indicativo presente.** **Bilde die folgenden Verbformen.**

1. essere (tu)
2. avere (lui, lei)
3. parlare (voi)
4. studiare (voi)
5. chiamarsi (loro)
6. cercare (tu)
7. pagare (noi)
8. stare (io)
9. frequentare (lui, lei)
10. essere (loro)

2 **Completa le frasi.** **Vervollständige die Sätze.**

1. Il mio gatt■ è grand■ e bell■.
2. Le mie ami■ sono molto simpati■.
3. Nemore è di origin■ eritr■.
4. Hannah è tedesc■.
5. Hannah e Ben sono molto simpati■.
6. I tedesc■ sono di Lipsia.

3 **Completa con l'articolo determinativo.** **Setze vor das jeweilige Substantiv den richtigen bestimmten Artikel.**

■ porta – ■ specchio – ■ armadio – ■ asciugamano – ■ stereo – ■ televisore – ■ lampada – ■ quadri – ■ scrivania – ■ yogurt

4 **Metti le parole al plurale o al singolare.** **Setze die Wörter in den Plural oder in den Singular.**

le camere – il bagno – le sedie – il quadro – la lampada – l'insalata – lo stereo – l'asciugamano – il computer – le radio

5 **Traduci le frasi.** **Übersetze.**

1. Hier ist unser Zimmer: mein Bett, mein Schreibtisch und unser Computer.
2. Mein Lieblingscomic ist *Mafalda*.
3. Wo ist mein Wörterbuch?
4. Seine Bücher sind überall.
5. Hannah chattet mit ihren Freundinnen.
6. Marta und Gabriele suchen ihre Handys.

6 ***C'è, è, ci sono* o *sono*?** ***C'è, è, ci sono* oder *sono?***

1. La camera di Ben ■ grande.
2. ■ due scaffali.
3. ■ anche il suo pianoforte.
4. I suoi libri ■ vecchi.
5. In camera di Hannah ■ uno stereo.
6. Gli asciugamani ■ in bagno.

Lezione 2

2.1 La negazione (I) Die Verneinung (I)

Il signor Monti è italiano, il signor Neumann invece **no**. *Herr Monti ist Italiener, Herr Neumann dagegen nicht.* – E tu, sei tedesca? *Und du, bist du Deutsche?* – **No**, sono svizzera. *Nein, ich bin Schweizerin.*	*No* (= *nein*) ist das **Gegenteil von** *sì* (= *ja*). Es wird als **Kurzantwort** (in (Teil-)Sätzen ohne Prädikat) verwendet.
– Lei è la signora Monti? *Sind Sie Frau Monti?* – **No, non** sono la signora Monti, mi chiamo Marchetti. – *Nein, ich bin nicht Frau Monti, sondern heiße Marchetti.* **Non si** chiama Gemma, ma Ornella. *Sie heißt nicht Gemma, sondern Ornella.* – Sei svizzero? *Bist du Schweizer?* – No, **non** sono svizzero. *Nein, ich bin nicht/kein Schweizer.*	Vollständige Sätze werden mit *non* verneint. Diese Verneinung steht immer **vor dem konjugierten Verb** bzw. **vor dem Pronomen**, falls ein solches dem Verb vorangestellt ist. Das dem konjugierten Verb **vorangestellte** *non* entspricht auch häufig dem deutschen Wort „kein".

2.2 L'uso dell'articolo con i nomi di parentela Der Gebrauch des Artikels bei Verwandtschaftsbezeichnungen

Wie in 1.10 bereits besprochen, geht im Italienischen dem **Possessivbegleiter meist der bestimmte Artikel voraus** (il mio libro = *mein Buch*). Allerdings gibt es einige Fälle, in denen **kein Artikel** verwendet wird.

- Der **Possessivbegleiter** bei **Verwandtschaftsbezeichnungen**

entfällt	steht vor
vor **Verwandtschaftsbezeichnungen** im **Singular** (Ausnahmen siehe rechte Spalte): Ben litiga spesso con **sua madre**. *Ben streitet häufig mit seiner Mutter.* **Mia sorella** passa molto tempo in bagno. *Meine Schwester verbringt viel Zeit im Bad.*	• **loro**, z. B.: Questo è il loro fratello. • **Koseformen**, z. B.: il mio fratellino, la mia mamma, il tuo babbo • näherer Bestimmung mit einem **Adjektiv**, z. B.: la mia cara sorella, il suo fratello minore bei allen Verwandtschaftsbezeichnungen im **Plural**, z. B.: i tuoi fratelli

- Der Possessivbegleiter **entfällt ebenfalls**

A casa **nostra** mangiamo sempre presto. *Bei uns zu Hause essen wir immer früh.* Questi sono problemi **miei**, non **tuoi**. *Das sind meine, nicht deine Probleme.*	zur **Angabe** bzw. **Betonung eines Besitzes** bzw. **einer Zugehörigkeit** oft auch, um einen **Gegensatz** zu unterstreichen. Der Possessivbegleiter steht dann **hinter** dem Bezugsnomen.

2.3 L'articolo indeterminativo Der unbestimmte Artikel

	Regel
Maskulinum	
un ragazzo	**vor Konsonant**
un anno	**vor Vokal**
uno zio **uno** studio **uno** yogurt **uno** psicologo **uno** xilofono **uno** gnocco	**vor s + Konsonant, j, x, y, z, ps, pn, gn**
Femininum	
una ragazza	**vor Konsonant**
un'amica	**vor Vokal**

Der **Apostroph im Femininum** steht für die **ausgelassene a-Endung**. Deshalb schreibt man: un'amica = *eine Freundin*, aber un amico = *ein Freund.*
Es kann sogar das **einzige bedeutungsunterscheidende Merkmal** zwischen Maskulinum und Femininum sein, z. B.: un insegnante = *ein Lehrer* – **un'**insegnante = *eine Lehrerin.*

2.4 Il verbo *piacere* Das Verb *piacere*

piacere *gefallen*
pia**ccio**
pia**ci**
pia**ce**
piacci**amo**
piac**ete**
pia**cciono**

Occhio!

Zu beachten ist die **Verdoppelung des „c" vor „i" + weiterem Vokal.** Bei *piaccio*, *piacciamo* und *piacciono* wird das „i" der Endung nicht gesprochen, da es nicht betont ist.

L'uso del verbo *piacere* Der Gebrauch von *piacere*

Person/Sache, die einem gefällt/schmeckt/ die man mag	Person, der etwas gefällt/schmeckt/ die etwas mag
Subjekt	mit **a** eingeleitetes indirektes Objekt
Mi piace la bruschetta. *Ich mag Bruschetta.* Gli spaghetti ci piacciono molto. *Spaghetti mögen wir sehr.*	**La** bruschetta **piace** a Ben. *Ben mag Bruschetta.* **Gli** spaghetti **piacciono** a Hannah. *Hannah mag Spaghetti.*

- Steht das **Subjekt** im **Plural**, muss auch das **Prädikat** im **Plural** stehen.
- Es ist auch durchaus möglich, die Satzstellung zu verändern und das **indirekte Objekt voranzustellen**, um dieses zu betonen:
  A Simone piace il calcio, a Ornella invece no.
  Simone mag Fußball, Ornella dagegen nicht.
- Das **indirekte Objekt** kann auch mit einem **unbetonten Personalpronomen** (*mi/ti/gli …*) ausgedrückt werden. Dieses wird dann **dem konjugierten Verb vorangestellt**. In verneinten Sätzen steht *non* **vor** dem unbetonten Personalpronomen.
  Ti piace lo sport? *Gefällt dir Sport?/Magst du Sport?*
  No, lo sport **non mi** piace. *Nein, Sport gefällt mir nicht./Ich mag Sport nicht.*

2.5 Il verbo *bere* Das Verb *bere*

bere *trinken*
bev**o**
bev**i**
bev**e**
bev**iamo**
bev**ete**
bev**ono**

Occhio!
Die Infinitivform ***bere*** ist eine **verkürzte Form von *„bevere"*** (lat. *bibere*). Von daher lassen sich die Formen *bevo, bevi …* leichter verstehen und einprägen.

2.6 La forma di cortesia del verbo Die Höflichkeitsform des Verbs

Um eine oder mehrere Personen zu **siezen**, benutzt man im Deutschen wie im Italienischen die **Höflichkeitsform**.
Im **Singular** wird hierfür die **dritte Person** benutzt, während im **Plural** die **zweite Person** steht. Die **dritte Person Plural** ist für mehrere Personen ebenfalls möglich, jedoch **sehr formell** und **eher selten**.

Parla italiano, signor Neumann? *Sprechen Sie Italienisch, Herr Neumann?*

Prende un gelato? *Nehmen Sie ein Eis?*

Avete un attimo? *Haben Sie einen Moment Zeit?*

Che cosa desiderano, signori? *Was wünschen Sie, meine Herren? Was wünschen die Herrschaften?*

Autocontrollo 2

1 **Metti le seguenti frasi nella forma negativa.** **Verneine die Sätze.**

1. Lavinia ha nove anni.
2. Lavinia frequenta il liceo.
3. Valerio frequenta l'Istituto Tecnico Industriale.
4. I Monti hanno un gatto e due tartarughe.

2 **Aggiungi gli aggettivi possessivi. Attenzione all'articolo!** **Füge die Possessivbegleiter hinzu. Achte auf den Artikel!**

Simone racconta:
Ecco ■ nonni. ■ nonna si chiama Vittoria e ■ nonno si chiama Carlo. ■ figlia è ■ mamma. La sorella di ■ madre si chiama Anna. È ■ zia. ■ marito si chiama Francesco. ■ cugine si chiamano Chiara e Gabriella.

3 **Completa con l'articolo indeterminativo.** **Setze vor das jeweilige Substantiv den richtigen unbestimmten Artikel.**

■ specchio – ■ piatto – ■ tovaglia – ■ asciugamano – ■ forchetta – ■ cucchiaio – ■ acqua minerale – ■ bicchiere – ■ bottiglia – ■ tovagliolo

4 **Abbina.** **Verbinde.**

1. Ti piace il pollo?	a. Sì, mi piacciono.
2. Vi piacciono gli spaghetti?	b. Sì, ci piace molto È bellissima!
3. Ti piace il risotto?	c. No, non mi piace.
4. Ti piacciono i biscotti?	d. Sì, ci piacciono molto.
5. Vi piace l'Italia?	e. Sì, mi piace.
6. Vi piacciono le pizzette?	f. Sì, ci piacciono molto. Sono buone!

5 **Trasforma le frasi nella forma di cortesia.** **Setze die Sätze in die Höflichkeitsform.**

1. Sei italiana?
2. Bevi l'acqua naturale o frizzante?
3. Come stai?
4. Come ti chiami?
5. Dove abiti?
6. Quanti anni hai?

6 **Forma delle frasi.** **Bilde Sätze.**

1. pianoalprimoabitiamo
2. madremiasimpaticamoltoè
3. simonechiamasiziomio
4. frizzantebevoacqua
5. dolcipiaccionoitalianiitantomi
6. mieabitanofirenzeleacugine
7. dolcipiaccionoitalianimitantoi
8. oggibenestomolto

Lezione 3

3.1 I pronomi interrogativi Die Fragewörter

Im Folgenden werden die gebräuchlichsten Fragewörter im Italienischen vorgestellt. Wie im Deutschen stehen sie immer am Satzanfang.

Chi? *Wer?*	**Chi** è Giacomo? *Wer ist Giacomo?*
Che/Che cosa/ Cosa? *Was?*	**Che/Che cosa/Cosa** prendete? *Was nehmt ihr?*
Quale/Che? *Welcher/was für ein?*	**Quale/Che** linea prendo per andare a San Pietro? *Welche Linie nehme ich, um zum Petersplatz zu kommen?*
Dove? *Wo/wohin?*	**Dove** siamo adesso? *Wo sind wir jetzt?* **Dove** andiamo oggi? *Wohin gehen wir heute?*
Quando? *Wann?*	**Quando** andiamo a Trastevere? *Wann gehen wir nach Trastevere?*
Perché? *Warum?*	**Perché** non andiamo a Trastevere oggi? *Warum gehen wir heute nicht nach Trastevere?*
Come? *Wie?*	**Com'**è la vita a Roma e **come** sono le persone? *Wie ist das Leben in Rom und wie sind die Leute?*
Quanto? *Wie viel?/ Wie viele? Wie lange?*	**Quanto** costa il biglietto? *Wie viel kostet die Fahrkarte?* **Quanto** dura la lezione? *Wie lange dauert die Unterrichtsstunde?*

- Beachte die Doppelbedeutung von *perché*, das sowohl zur Einleitung der Frage nach einem Grund („warum?") als auch zu deren Beantwortung („weil") verwendet werden kann.
- *Quale* bezieht sich immer auf ein Substantiv, wird damit adjektivisch verwendet und stimmt mit diesem im Numerus (und Genus) überein, Singular: *quale linea*; Plural: *quali linee*. *Che* hingegen ist unveränderlich, also: *che linea*; *che linee*?

3.2 I verbi in -ere Die Verben auf -ere

Unter 2.4 und 2.5 wurden bereits zwei Verben auf -ere (*piacere* und *bere*) vorgestellt. Während es sich dabei um besondere Formen handelt, soll im Folgenden die zweite Konjugation anhand der regelmäßigen Verben *prendere* und *conoscere* vorgestellt werden.

prendere *nehmen*	**conoscere** *kennen*
prend**o**	conosc**o**
prend**i**	conosc**i**
prend**e**	conosc**e**
prend**iamo**	conosc**iamo**
prend**ete**	conosc**ete**
prend**ono**	conosc**ono**

Die Zugehörigkeit zur e-Konjugation (im Italienischen auch als *seconda coniugazione* bezeichnet) erkennt man am eindeutigsten an der 2. Person Plural (*prendete*). Im Unterschied zur a-Konjugation lautet die 3. Person Plural auf -**o**no.

3.3 Il verbo irregolare *andare* Das unregelmäßige Verb *andare*

Lediglich die erste und zweite Person Plural lassen sich vom Infinitiv ableiten. Die anderen Formen gehen auf das lateinische Verb *vadere* zurück.

Occhio!

Zu beachten ist die Verdoppelung des Konsonanten **n** in der 3. Person Plural.

andare *gehen*
vado
vai
va
andiamo
andate
va**nn**o

3.4 I verbi in -ire Die Verben auf -ire

Bei den Verben auf -ire, also bei der dritten Konjugation (*terza coniugazione*), muss man zwischen zwei Verbgruppen unterscheiden, nämlich denen, die **keine Stammerweiterung** aufweisen und bei denen die Personalendung unmittelbar an den Stamm angehängt wird, und solchen, die die **Stammerweiterung** -**isc**- aufweisen (vgl. 3.6). Diese muss immer mitgelernt werden (vgl. den Zusatz -isc- im Vokabelverzeichnis).

Die Verben der i-Konjugation weisen in allen Personen dieselbe Endung wie die der e-Konjugation auf, die einzige Ausnahme bildet die 2. Person Plural, die man leicht vom Infinitiv ableiten und an der man die Konjugationszugehörigkeit erkennen kann.

sentire *hören*
sent**o**
sent**i**
sent**e**
sent**iamo**
sent**ite**
sent**ono**

3.5 I verbi irregolari *fare* e *sapere* Die unregelmäßigen Verben *fare* und *sapere*

fare *machen, tun*	**sapere** *wissen, können*
faccio	so
fai	sai
fa	sa
facciamo	sappiamo
fate	sapete
fa**nn**o	sa**nn**o

Die beiden hier aufgeführten Verben weisen durchwegs dieselben Endungen auf, mit Ausnahme der Form *sapete*, wodurch die Zugehörigkeit zur e-Konjugation deutlich wird. Beachte die Verdoppelung des „n" in der 3. Person Plural (z. B. *sanno*) im Gegensatz zu den regelmäßigen Verbformen (z. B. *abitano*).

3.6 Il verbo *preferire* Das Verb *preferire*

Neben den Verben auf **-ire** ohne Stammerweiterung gibt es auch solche mit Stammerweiterung. Die Stammerweiterung mit **-isc-** tritt nur in den stammbetonten Formen auf, d. h. im Singular und in der dritten Person Plural.

preferire *vorziehen*
prefer**isco**
prefer**isci**
prefer**isce**
prefer**iamo**
prefer**ite**
prefer**iscono**

Ebenso: *capire* (verstehen), *finire* (aufhören, beenden) *preferire* (vorziehen), *spedire* (schicken) u. a.

3.7 *Questo* e *quello* *Questo* und *quello*

Questo und *quello* haben demonstrativen Charakter, d. h. sie weisen auf jemanden bzw. etwas hin, der bzw. das dem Sprecher zeitlich und/oder örtlich näher liegt (*questo*), oder auf Personen bzw. Gegenstände, die sich in einer gewissen zeitlichen oder örtlichen Entfernung befinden (*quello*). Sie können sowohl als Demonstrativpronomen als auch als Demonstrativbegleiter, d. h. als vorangestelltes Adjektiv, verwendet werden. Sie müssen im Unterschied zum Deutschen stets mit ihrem Bezugswort in Numerus und Genus übereinstimmen, vgl. Questi sono i miei libri. *Das sind meine Bücher.*

Demonstrativpronomen (*pronome dimostrativo*)	**Demonstrativbegleiter** (*aggettivo dimostrativo*)
Questa è una foto di mia nonna e **questo** è mio nonno. *Das hier ist ein Foto von meiner Großmutter und das hier ist mein Großvater.*	In **questa** foto vedi mia nonna e **questo** signore è mio nonno. *Auf diesem Foto siehst du meine Großmutter und dieser Herr hier ist mein Großvater.*
E **quelle** sono le foto dei miei zii. **Quello** a destra è zio Riccardo. *Und* ***das*** *da drüben sind Fotos von meinen Onkeln und Tanten. Der rechts ist Onkel Riccardo.*	E chi sono le persone in **quelle** foto lì? *Und wer sind die Leute auf den Fotos da drüben?*
Quelli erano altri tempi. ***Das*** *waren andere Zeiten.*	Sono i miei zii, **quello** zio e **quella** zia di New York. *Das sind meine Tante und mein Onkel, jener Onkel und jene Tante aus New York.*

Steht *quello* direkt vor dem Substantiv, so bildet es die Formen in Anlehnung an den bestimmten Artikel.

il tramezzino → quel tramezzino　l'uomo → quell'uomo　lo zio → quello zio
la pizza → quella pizza　le foto → quelle foto　l'aranciata → quell'aranciata

	Maskulinum		**Femininum**	
Sg.	il ragazzo l'uomo lo zio	**quel** ragazzo **quell'**uomo **quello** zio	la ragazza l'amica	**quella** ragazza **quell'**amica
Pl.	i ragazzi gli amici gli gnocchi	**quei** ragazzi **quegli** amici **quegli** gnocchi	le ragazze le amiche	**quelle** ragazze **quelle** amiche

3.8 La posizione delle parole Die Wortstellung

Il professore	dà	un libro	a Hannah.
soggetto (Subjekt im Nominativ)	**predicato** (Prädikat = konjugiertes Verb)	**oggetto diretto** (direktes Objekt ≈ Akkusativ)	**oggetto indiretto** (indirektes Objekt ≈ Dativ)

Die Wortstellung im normalen Aussagesatz lautet also (ähnlich wie im Englischen):

SPO: Subjekt – Prädikat – Objekt (direktes Objekt – indirektes Objekt)

- Das **indirekte Objekt**, das meist dem deutschen Dativ entspricht, wird durch die **Präposition *a*** eingeleitet, welche sich von der lateinischen Präposition *ad* (*zu*, *an*, *bei*, *hin*) ableitet.
- Das **direkte Objekt** („direkt", weil es „**direkt**", d. h. **ohne Präposition hinter dem Verb** steht) kann auch hinter das indirekte Objekt treten, wenn es beispielsweise durch einen Relativsatz erweitert ist oder besonders betont werden soll.
  Il professore dà a Hannah un libro che solo pochi conoscono.
  Der Lehrer gibt Hannah ein Buch, das nur wenige kennen.
  Il professore dà a Hannah il libro *Il nome della Rosa*, ma non il film.
  Der Lehrer gibt Hannah das Buch Der Name der Rose, *aber nicht den Film.*
- Diese im Italienischen und Englischen übliche Wortstellung SPO gilt auch dann, wenn der Satz mit einem Adverb eingeleitet wird. Auf die im Deutschen übliche Inversion (Veränderung der Stellung von Subjekt und Prädikat) wird also verzichtet:
  Oggi il professore dà un libro a Hannah.

  Heute gibt der Lehrer *Hannah ein Buch.*
- Abweichend vom Deutschen werden die folgenden Verben im Italienischen mit indirektem Objekt konstruiert:

telefonare a qn *jdn anrufen*	Telefoniamo **a** Gemma per sapere se ha voglia di venire? *Rufen wir Gemma an, um zu erfahren, ob sie Lust hat zu kommen?*
chiedere a qn *jdn fragen*	Chiedo **a** Gemma se ha voglia di venire. *Ich frage Gemma, ob sie Lust hat zu kommen.*

- Auch *aiutare* weicht in seiner Konstruktion vom Deutschen ab, es wird nämlich – wie das Verb *seguire* – in Analogie zu den jeweiligen lateinischen Ursprungsverben *adiuvare* bzw. *sequi* im Italienischen mit **direktem** Objekt konstruiert.

aiutare qn *jdm helfen*	Perché non aiuti tuo fratello, Valerio? *Warum hilfst du deine**m** Bruder nicht, Valerio?*
seguire qn *jdm folgen*	Seguiamo questa direzione! *Folgen wir diese**r** Richtung!*

3.9 I verbi irregolari *dare* e *dire* Die unregelmäßigen Verben *dare* und *dire*

dare *geben*	**dire** *sagen*
do	dico
dai	dici
d**à**	dice
diamo	diciamo
date	dite
da**nno**	dicono

Occhio!
Besondere Beachtung verdient der Akzent bei *dà*, welcher die Verbform von der Präposition *da* (= *von, aus, seit, …*) unterscheidet.

3.10 *Stare* con gerundio *Stare* mit Gerund

Im Italienischen gibt es die Möglichkeit, mittels der Verbalkonstruktion *stare* + Gerund den Verlauf einer Handlung zu betonen (vgl. die *progressive form* im Englischen). Diese wird im Deutschen oft mit dem Adverb „gerade" wiedergegeben oder gar nicht eigens übersetzt.

Simone: Giacomo, che cosa **stai facendo**?
*Simone: Giacomo, was machst du **gerade**?*
Giacomo: **Sto leggendo** il diario di Cecilia.
*Giacomo: Ich lese **gerade** Cecilias Tagebuch.*
Simone invece **sta ripassando** i vocaboli per l'interrogazione di latino.
*Simone dagegen wiederholt **gerade** die Vokabeln für die Lateinabfrage.*

Bildung des Gerunds:
Das Gerund wird aus dem Wortstamm und der Endung *-ando* (Verben auf -are) bzw. *-endo* (Verben auf -ere und -ire) gebildet und entspricht der Ablativform des lateinischen Gerundiums (vgl. lat. *laborando* und it. *lavorando*).

cantare	**leggere**	**sentire**
cant**ando**	legg**endo**	sent**endo**

Nota bene
Besonders zu achten ist auf einige unregelmäßige Bildungen, die sich meist von der 1. Person Singular ableiten lassen:
bere → bevendo dire → dicendo fare → facendo

3.11 I verbi modali *dovere, potere* e *volere* Die Modalverben *dovere, potere* und *volere*

3.11.1 Le forme Die Formen

dovere *müssen*	**potere** *können*	**volere** *wollen*
devo	posso	voglio
devi	puoi	vuoi
deve	può	vuole
dobbiamo	possiamo	vogliamo
dovete	potete	volete
devono	possono	vogliono

3.11.2 L'uso Der Gebrauch

Pflicht, Notwendigkeit **Verbot** (nicht dürfen)	Oggi gli studenti **devono** studiare molto. *Heute müssen die Schüler viel lernen.* Ben, non **devi** parlare mentre interrogo il tuo compagno di classe. *Ben, du darfst nicht sprechen, während ich deinen Klassenkameraden abfrage.*
Wille, Absicht	Nemore **vuole** sempre provocare un po'. *Nemore will immer ein bisschen provozieren.* Tutti **vogliono** avere una pausa. *Alle wollen eine Pause (haben).*
Möglichkeit Erlaubnis	**Puoi** descrivere l'immagine a pagina 34? *Kannst du das Bild auf Seite 34 beschreiben?* **Possiamo** fare una pausa? *Dürfen wir eine Pause machen?*

- Das **Vollverb** folgt im Italienischen meist unmittelbar auf das Modalverb. Es steht stets im **Infinitiv**.
- Die Verben *volere* und *dovere* können auch als **Vollverben** verwendet werden, z. B.
  - Ti devo cinque euro.
    Ich schulde dir fünf Euro.
  - Vuoi un gelato?
    Willst du ein Eis?
  - Ti voglio bene.
    Ich habe dich gern.

Nota bene

Statt *voglio* und *posso* werden in **Fragen** häufig die **höflicheren Varianten**, nämlich die Konditionalformen *vorrei* und *potrei*, verwendet (vgl. im Englischen *I would like to…/Could I …*):
Voglio un gelato. – Vorrei un gelato.

3.12 *Sapere* o *potere*? *Sapere* oder *potere*?

Potere wird verwendet, um eine oft von äußeren Faktoren abhängige **Möglichkeit** oder **Erlaubnis** auszudrücken.	***Sapere*** wird gebraucht, um eine **Fähigkeit** zu beschreiben.
I ragazzi **possono** usare la calcolatrice per il test. *Die Schüler können/dürfen den Taschenrechner für den Test verwenden.*	Ben **sa** già usare la calcolatrice. *Ben kann den Taschenrechner schon verwenden.*
Puoi descrivere quest'immagine? *Kannst du dieses Bild beschreiben?*	**Sai** descrivere quest'immagine? *Kannst du dieses Bild beschreiben? = Bist du imstande/fähig, dieses Bild zu beschreiben?*

Nota bene

Sapere bedeutet grundsätzlich „können (im Sinne von ‚gelernt haben, beherrschen'), wissen". Folgt auf *sapere* ein direktes Objekt, so wird vor allem die Bedeutung „können" verwendet (Ben sa molto bene l'inglese. *Ben kann sehr gut Englisch.*), bei einem mit *che* eingeleiteten Nebensatz „wissen" (La prof sa che adesso abbiamo la verifica di matematica. *Die Lehrerin weiß, dass wir jetzt den Mathetest schreiben.*).

Autocontrollo 3

1 Coniuga i seguenti verbi all'indicativo presente. **Bilde die folgenden Verbformen.**

1. dire (tu)
2. conoscere (lui, lei)
3. scendere (loro)
4. finire (tu)
5. capire (noi)
6. preferire (noi)
7. fare (voi)
8. sapere (io)
9. andare (lui, lei)
10. dare (loro)

2 Completa con il pronome interrogativo. **Setze das passende Fragewort ein.**

1. ■ bus prendi per andare a scuola?
2. ■ è la tua scuola?
3. ■ inizia la scuola?
4. ■ è il tuo professore preferito?
5. ■ ti piace la matematica?
6. ■ fai nelle pause?
7. ■ dura una lezione?
8. ■ è la tua materia preferita?

3 *Questo* o *quello*?

1. ■ panini qui sono al prosciutto. ■ lì sono al formaggio.
2. ■ pizzetta qui è con la mozzarella. ■ lì è senza.
3. Prendi ■ gelato qui o preferisci ■ lì?
4. Ecco le pizze: ■ è per te e ■ lì è per tuo fratello.
5. Di chi sono ■ bicchieri qui?
6. ■ tramezzini lì sono caldi.

4 Cosa stanno facendo? Scrivi le frasi con la forma *stare* + gerundio. **Was machen sie gerade? Bilde die Sätze mit stare + gerundio.**

1. Simone ■ (leggere) un libro.
2. I ragazzi ■ (parlare).
3. Ben, ■ (pulire) la lavagna?
4. Ragazzi, perché ■ (copiare)?
5. Noi ■ (scherzare).
6. Ben, ■ (fare) i compiti?

5 *Volere, dovere, potere* e *sapere*. Completa con le forme adatte. **Setze die richtigen Verben ein.**

Lavinia: No, non ■ fare i miei compiti adesso. Perché non ■ fare i compiti domani?
Madre: Domani (noi) ■ andare dai nonni. Non (tu) ■ rimanere a casa.
Lavinia: Perché (io) ■ venire con te?
Madre: Perché i nonni ■ vedere la loro nipote. Viene anche tuo cugino. Così (voi) ■ giocare insieme.
Lavinia: Sandro non ■ giocare perché (lui) ■ sempre vincere.

6 Forma delle frasi e coniuga il verbo. **Bilde Sätze.**

1. nove – l'insegnante – a – Gemma – (dare) – un
2. lei – Ben – a – il – pomeriggio – (telefonare)
3. a – schiaffo – uno – (dare) – adesso – io – qualcuno
4. mano – (dare) – sorella – una – mia – a – ?
5. e – (chiamare) – prima – io – compiti – (fare) – i – poi – Gemma
6. (preferire) – Gemma – a – tu – (chiedere) – ?

Lezione 4

4.1 Il verbo irregolare *venire* Das unregelmäßige Verb *venire*

venire *kommen*
vengo
vieni
viene
veniamo
venite
vengono

Kurze Lernhilfe:
Die erste und zweite Person Plural leiten sich direkt vom Infinitiv ab, bei der zweiten und dritten Person Singular wird der Stammvokal „e" um ein vorangestelltes „i" erweitert, d. h. diphthongiert.

4.2 L'imperativo Der Imperativ

4.2.1 L'imperativo dei verbi regolari Der Imperativ der regelmäßigen Verben

	Singular	Plural	
a-Konj.	-a	-ate	Aspetta/Aspettate un momento! *Warte/Wartet einen Augenblick!*
e-Konj.	-i	-ete	Scendi/Scendete qui! *Steige/Steigt hier aus!*
i-Konj.	-i	-ite	Senti/Sentite! *Höre!/Hört!*

4.2.2 L'imperativo negativo Der verneinte Imperativ

Der Imperativ wird grundsätzlich durch ein **vorangestelltes** *non* verneint. Allerdings wird der **verneinte Imperativ der 2. Person Singular** mit *non* und dem **Infinitiv** gebildet. Dies gilt auch für die unregelmäßigen Verben.

Aspetta!	*Warte!*	Non **aspettare**!	*Warte nicht!*
Aspettate!	*Wartet!*	Non aspettate!	*Wartet nicht!*
Di'!	*Sag(e)!*	Non **dire**.	*Sag(e) nicht!*
Dite!	*Sagt!*	Non dite!	*Sagt nicht!*

4.2.3 L'imperativo dei verbi irregolari Der Imperativ der unregelmäßigen Verben

andare	**vai/va'**	**andate**	Vai/Andate sempre dritto! *Geh(e)/Geht immer geradeaus!*
stare	**stai/sta'**	**state**	Stai tranquillo/a!/State tranquilli/e! *Bleib(e) ruhig!/Bleibt ruhig!*
dare	**dai/da'**	**date**	Dai/Date la mappa a Ben! *Gib/Gebt Ben den Stadtplan!*

fare	**fai/fa'**	**fate**	Fa'/Fate attenzione a quello che dico! *Pass/Passt auf das auf, was ich sage!*
dire	**di'**	**dite**	Di'/Dite che metropolitana dobbiamo prendere! *Sag(e)/Sagt, welche U-Bahn wir nehmen sollen!*
avere	**abbi**	**abbiate**	Abbi/Abbiate pazienza! *Hab(e)/Habt Geduld!*
essere	**sii**	**siate**	Sii felice/Siate felici! *Sei/Seid glücklich!*

Nota bene

- Die Pluralformen des Imperativs sind stets mit denen der 2. Person Plural des Indikativs identisch, also: Date. = *Gebt!/Ihr gebt.* (Ausnahmen: *avere* und *essere*)
- Ebenso sind die Singularformen des Imperativs bei den Verben auf -ere und -ire mit denen der 2. Person Singular und bei den Verben auf -are mit denen der 3. Person Singular des Indikativs identisch: Prendi. = *Nimm!/Du nimmst.* Aiuta! = *Hilf!/Er/Sie hilft.*
- Die 1. Person Plural des Imperativs (Hortativ) ist mit der des Indikativ Präsens identisch: Andiamo. = *Gehen wir!/Wir gehen.*

4.3 Le preposizioni articolate Die Präpositionen mit bestimmtem Artikel

Im Italienischen werden die meisten der gängigen Präpositionen mit dem darauffolgenden bestimmten Artikel verschmolzen.

	il	**lo**	**l'**	**i**	**gli**	**la**	**le**
a	al	allo	all'	ai	agli	alla	alle
da	dal	dallo	dall'	dai	dagli	dalla	dalle
di	del	dello	dell'	dei	degli	della	delle
in	nel	nello	nell'	nei	negli	nella	nelle
su	sul	sullo	sull'	sui	sugli	sulla	sulle

Dalla Fontana di Trevi vanno in direzione di Piazza Navona, attraversano Via del Corso, la via dello shopping, e arrivano al Pantheon.
Von der Fontana di Trevi aus gehen sie in Richtung Piazza Navona, überqueren die Via del Corso, die Shoppingmeile, und kommen am Pantheon an.

Alle anderen Präpositionen wie *per, con, sotto* werden **nicht** mit dem darauffolgenden bestimmten Artikel verschmolzen. Es gibt nur sehr wenige Ausnahmen, z. B. *colla* (= *con la*) *parte* (ein musikalischer Ausdruck).

4.4 I numeri cardinali da 20 Die Grundzahlen ab 20

Die Grundzahlen von 1-20 sind bereits aus 1.1 bekannt. Im Folgenden werden die Grundzahlen ab 20 eingeführt.

4.4.1 Da 20 a 100 Von 20 bis 100

20	venti	21, 22, 23	ven**tu**no, ventidue, ventitré	28	ven**to**tto
30	trenta	31, 32, 33	trentuno, trentadue, trentatré	38	trentotto
40	quaranta	41, 42	quarantuno, quarantadue	48	quarantotto
50	cinquanta	51, 52	cinquantuno, cinquantadue	58	cinquantotto
60	sessanta	61, 62	sessantuno, sessantadue	68	sessantotto
70	settanta	71, 72	settantuno, settantadue	78	settantotto
80	ottanta	81, 82	ottantuno, ottantadue	88	ottantotto
90	novanta	91, 92	novantuno, novantadue	98	novantotto
100	cento				

Die Grundzahlen von 20 bis 100 werden aus den Zehner- und Einerzahlen einfach zusammengesetzt, wobei auf folgende Besonderheiten zu achten ist:

- *Ventitré, trentatré* usw. erhalten einen *accento acuto* auf dem letzten „e".
- Vor *uno* und *otto* verliert die Zehnerzahl den Endvokal (z. B. *trentuno, trentotto*).
- Die mit *uno* zusammengesetzten Zahlen verlieren vor Substantiven das „o" (z. B.: *trentun ragazzi*, aber: *quarantuno studenti* (s + Konsonant)).
- Geldbeträge in Euro werden wie im Deutschen angegeben:
  Gli spaghetti costano ottantacinque centesimi. *Die Spaghetti kosten 85 Cent.*
  Il libro costa undici euro e cinquanta. *Das Buch kostet elf Euro fünfzig.*

4.4.2 Da 100 Ab 100

100	cento	1000	mi**lle**
200	duecento	2000	due**mila**
300	trecento	3000	tre**mila**
400	quattrocento	10000	dieci**mila**
500	cinquecento	20000	venti**mila**
600	seicento	100000	cento**mila**
700	settecento	1000000	un milione
800	ottocento	19000000	diciannove mili**oni**
900	novecento	1000000000	un miliardo

Esempi Beispiele

quarantasette	47 siebenundvierzig
quattrocentosettantasei	476 vierhundertsechsundsiebzig
milleduecento	1200 eintausendzweihundert
duemilaventi	2020 zweitausendzwanzig
settantatremilaseicentonovantotto	73698
novecentonovantamila euro	990000
un milione **di** euro/due milioni **di** euro	eine Million Euro/zwei Millionen Euro
sette miliardi **di** persone	sieben Milliarden Menschen

- Die Zahlen werden wie im Deutschen bis 999.999 als ein Wort geschrieben.
- Die Pluralform zu *mille* lautet *mila*. Beachte ferner, dass *mille* die einzige italienische Zahl mit einem Doppelkonsonanten ist. Im Unterschied zum Deutschen werden *milione* und *miliardo* jeweils mit einem „l" geschrieben.
- Auch *milione* und *miliardo* haben jeweils eine Pluralform, sie endet auf -i.
- In Verbindung mit einem Substantiv wird im Unterschied zum Deutschen bei diesen hohen Zahlen die Präposition *di* eingefügt, z. B. due milioni di abitanti *zwei Millionen Einwohner*.

4.5 Secoli e anni Jahrhunderte und Jahreszahlen

Im Unterschied zum Deutschen wird bei Jahres- und Prozentzahlen der bestimmte Artikel verwendet.

Occhio!

- d. C. = dopo Cristo = *nach Christus*
- a. C. = avanti Cristo = *vor Christus*

Il Panteon nasce **nel** 118 d. C. *Das Pantheon entsteht 118 n. Chr.* **Dal** 118 **al** 609 è un tempio. *Von 118 bis 609 ist es ein Tempel.* Anche **nel** 2019 (= duemiladiciannove) è ancora molto famoso. *Auch (im Jahr) 2019 ist es noch sehr berühmt.*	Zur Angabe einer Jahreszahl wird im Unterschied zum Deutschen *nel* (= *in* + *il*) verwendet (vgl. engl. *in 118*). Für einen in Jahreszahlen gefassten Zeitraum werden *dal* (= *da* + *il*) und *al* (= *a* + *il*) verwendet.
Nel Quattrocento nasce il pittore Raffaello Sanzio ad Urbino. *Im 15. Jahrhundert wird der Maler Raffaello in Urbino geboren.* **Il Cinquecento** è un secolo ricco di storia e cultura. *Das 16. Jahrhundert ist reich an Geschichte und Kultur.* Viviamo nel **Ventunesimo secolo.** *Wir leben im 21. Jahrhundert.*	Ein Jahrhundert zwischen 1200 und 2000 wird auch häufig mit der Grundzahl zwischen 200 und 900 angegeben, wobei diese im Vergleich zu den in Ordnungszahlen angegebenen Jahrhunderten immer um eins zurückliegt, z. B. il **Cinque**cento (= il **Sedicesimo secolo**) = *das 16. Jahrhundert.* Ansonsten kann das jeweilige Jahrhundert immer mit der entsprechenden Ordnungszahl (vgl. 4.7) und *secolo* angegeben werden.

4.6 *Tutto*

4.6.1 *Tutto* come aggettivo *Tutto* als Adjektiv

tutto/a + Artikel + Substantiv im Singular *ganz*	La signora Neumann lavora tutto il giorno. *Frau Neumann arbeitet den ganzen Tag.*
tutti/e + Artikel + Substantiv im Plural *alle*	I Neumann cambiano città e vendono tutti i mobili. *Die Neumanns ziehen in eine andere Stadt und verkaufen alle Möbel.*
tutti/e + Artikel + Zeitangabe im Plural *jeden*	I ragazzi del palazzo si incontrano tutte le domeniche. *Die Jungen/Jugendlichen des Hauses treffen sich jeden Sonntag.*

tutto/a + Adjektiv *ganz, völlig*	Hannah è tutta contenta perché ha una nuova amica. *Hannah ist völlig zufrieden, weil sie eine neue Freundin hat.*
tutti/e + e + Grundzahl (+ Artikel + Substantiv im Plural) *alle + Grundzahl, beide*	Ben e Hannah escono stasera. Tutti e due vanno al cinema. *Ben und Hannah gehen heute Abend weg. Alle zwei/Beide gehen ins Kino.* Oggi Hannah, Ben e Ornella stanno a casa. Devono studiare tutti e tre. *Heute bleiben Hannah, Ben und Ornella zu Hause. Alle drei müssen lernen.* Dopo, tutte e due le ragazze mettono a posto le loro stanze. *Danach räumen beide Mädchen ihre Zimmer auf.*

4.6.2 *Tutto* come pronome *Tutto* als Pronomen

tutto *alles*	A Roma tutto è interessante. *In Rom ist alles interessant.*
tutti/e *alle*	Oggi ci incontriamo in gelateria. Vengono tutti. *Heute treffen wir uns in der Eisdiele. Es kommen alle.*

4.7 I numeri ordinali Die Ordnungszahlen

4.7.1 Le forme Die Formen

1°	il primo, la prima	11°	l'undicesimo, l'undicesima
2°	il secondo, la seconda	12°	il dodicesimo, la dodicesima
3°	il terzo, la terza	13°	il tredicesimo, la tredicesima
4°	il quarto, la quarta	14°	il quattordicesimo, la quattordicesima
5°	il quinto, la quinta	15°	il quindicesimo, la quindicesima
6°	il sesto, la sesta	20°	il ventesimo, la ventesima
7°	il settimo, la settima	50°	il cinquantesimo, la cinquantesima
8°	l'ottavo, l'ottava	100°	il centesimo, la centesima
9°	il nono, la nona	800°	l'ottocentesimo, l'ottocentesima
10°	il decimo, la decima	1000°	il millesimo, la millesima

- Die Ordnungszahlen von 1 bis 10 sind den in der Musik üblichen Intervallangaben sehr ähnlich, vgl. Terz (*terzo*), Quart (*quarto*), Quint (*quinto*)
- Ab der Zahl 11 werden die Ordnungszahlen folgendermaßen gebildet:
  Grundzahl ohne Endungsvokal + -esimo/a
  – cinquanta – cinquantesimo/a
  – settantacinque – settantacinquesimo/a
  – Aber: ventitré, trentatré, … – ventitreesimo, trentatreesimo, …

4.7.2 L'uso Der Gebrauch

Ordnungszahlen geben eine Reihen- bzw. Rangfolge an. Im Gegensatz zu den Grundzahlen sind sie ihrer Endung nach veränderlich und müssen wie die meisten Adjektive an das Bezugswort angeglichen werden.

Die Ordnungszahl *centesimo* (Pl. *centesimi*) wird auch als Bezeichnung für die Untereinheit der europäischen Währung verwendet. Sie mutiert damit zu einem substantivierten Adjektiv.

Come **primo** piatto prendo gli spaghetti al ragù e come **secondo** il pollo arrosto.
Als ersten Gang nehme ich Spaghetti al ragù und als zweiten Brathähnchen.

Un menù costa 14,50 euro (quattordici euro e cinquanta **centesimi**).
Ein Menü kostet 14,50 Euro (vierzehn Euro und fünfzig Cent).

Nel **Ventunesimo** secolo non tutti conoscono più la cucina di una volta.
Im 21. Jahrhundert kennen nicht mehr alle die Küche von einst.

4.8 L'imperativo di cortesia Der Imperativ der Höflichkeit

In 4.2 wurde bereits der Imperativ der 2. Person Singular und Plural sowie der 1. Person Plural eingeführt. Im Folgenden werden die Formen der Höflichkeitsform des Imperativs, des *imperativo di cortesia*, vorgestellt.

4.8.1 L'imperativo di cortesia dei verbi regolari Der Imperativ der Höflichkeit bei den regelmäßigen Verben

	Singular	Plural	
a-Konj.	-i	-ate	Gir**i** a destra, signore!/Gir**ate** a destra, signori! *Biegen Sie nach rechts ab, mein Herr!/Biegen Sie nach rechts ab, meine Herren!*
e-Konj.	-a	-ete	Prend**a**/Prend**ete** la terza strada a sinistra! *Nehmen Sie die dritte Straße nach links!*
i-Konj.	-a	-ite	Sent**a**/sent**ite**! *Hören Sie!* Finisc**a** il lavoro!/Fin**ite** il lavoro! *Beenden Sie die Arbeit!*

4.8.2 L'imperativo di cortesia dei verbi irregolari Der Imperativ der Höflichkeit bei den unregelmäßigen Verben

	Singular	Plural	
andare	**vada**	**andate (vadano)**	Vada/Andate (Vadano) sempre dritto! *Gehen Sie immer geradeaus!*
stare	**stia**	**state (stiano)**	Stia tranquillo/a!/State (Stiano) tranquilli/e! *Bleiben Sie ruhig!*
dare	**dia**	**date (diano)**	Dia/Date (Diano) la mappa a Ben! *Geben Sie Ben den Stadtplan!*

	Singular	Plural	
fare	**faccia**	**fate (facciano)**	Faccia/Fate (Facciano) attenzione alle sue parole! *Passen Sie auf seine/ihre Worte auf!*
dire	**dica**	**dite (dicano)**	Ci dica/Dite (Ci dicano) che strada dobbiamo prendere! *Sagen Sie, welche Straße wir nehmen sollen!*
avere	**abbia**	**abbiate**	Abbia/Abbiate pazienza! *Haben Sie Geduld!*
essere	**sia**	**siate**	Sia puntuale!/Siate puntuali! *Sei/Seien Sie pünktlich!*

Bei einer Aufforderung an zwei oder mehr Personen in der Höflichkeitsform verwendet man in der Regel die 2. Person Plural.

– Signori, accomodatevi! – Setzen Sie sich, meine Damen und Herren!
– Signori, prendete pure un dolce, è molto buono!
  Nehmen Sie doch einen Nachtisch, meine Damen und Herren, er ist sehr gut!

Die jeweils in Klammern angegebene dritte Person Plural, z. B. *vadano*, gilt als sehr förmlich und wird selten gebraucht.

4.9 Indicare quantità definite ed indefinite Bestimmte und unbestimmte Mengenangaben

4.9.1 Quantità definite Bestimmte Mengenangaben

Vorrei un chilo **di** carote.
Ich hätte gerne ein Kilo Karotten.

Poi mi dia tre etti **di** ciliegie.
Dann geben Sie mir dreihundert Gramm Kirschen.

Prendo mezzo chilo **di** fragole.
*Ich nehme **ein Pfund** Erdbeeren.*

Bei der Angabe bestimmter Mengen steht zwischen der Mengenbezeichnung und dem Produkt – im Unterschied zum Deutschen – stets die Präposition *di* (vgl. im Englischen: *a kilo of carrots* und im Französischen: *un chilo de carottes*).

Occhio!

Vorrei **un** chilo di …
due/tre chil**i** di …
Aber: Vorrei **mezzo** chilo di …
Vor mezzo steht **kein** Artikel.

4.9.2 Quantità indefinite Unbestimmte Mengenangaben

Vorrei **delle** pesche.
Ich hätte gerne Pfirsiche.
Perché non prendiamo anche **dei** lamponi?
Warum nehmen wir nicht auch Himbeeren?
Ci sono **delle** persone che vanno al mercato tutti i giorni. *Es gibt Leute, die jeden Tag auf den Markt gehen.*

Unbestimmte Mengen werden im Italienischen – wie auch im Französischen – mit dem Teilungsartikel (*articolo partitivo*) angegeben. Auch hier wird die Präposition *di* verwendet, allerdings in Verbindung mit dem **bestimmten Artikel** (*preposizione articolata*).

4.9.3 La particella *ne* per indicare una quantità Das Pronominaladverb *ne* zur Bezeichnung von Mengenangaben

– Vorrei delle pesche. *Ich hätte gerne Pfirsiche.* – Quante **ne** vuole? *Wie viel möchten Sie (davon)?* – **Ne** prendo un chilo. *Ich nehme ein Kilo (davon).*	Das Pronominaladverb *ne* bezeichnet bei Mengenangaben das Ganze (z. B. *delle pesche*), von dem ein Teil, d. h. eine bestimmte Menge (z. B. *un chilo*), genommen wird. Wörtlich und in einer (vorläufigen) Grundbedeutung kann es mit „davon" übersetzt werden.

Occhio!

Vorrei de**l** formaggi**o**.	Quant**o** ne vuole?
Prendo anche de**i** lampon**i**.	Quant**i** ne prende?
Vorrei del**l'**uv**a**.	Quant**a** ne prende?
Prendo del**le** pesch**e**.	Quant**e** ne vuole?

Fragt man im Italienischen nach einer unbestimmten Menge einer zuvor genannten Sache, so muss das Fragewort *quanto* an das Substantiv angepasst werden.

4.10 Le congiunzioni Die Konjunktionen

Konjunktionen dienen dazu, Sätze logisch miteinander zu verknüpfen. Man unterscheidet zwischen beiordnenden Konjunktionen (*congiunzioni coordinative*), welche Hauptsätze miteinander verbinden, und unterordnenden Konjunktionen (*congiunzioni subordinative*), welche einen Nebensatz einleiten.

4.10.1 Congiunzioni coordinative Beiordnende Konjunktionen

e *und*	Verbindung gleichartiger Elemente
o/oppure *oder*	ausschließende Konjunktion: Nur eine von mehreren Möglichkeiten steht zur Auswahl.
ma *aber* **però** *aber, jedoch*	entgegensetzende Konjunktionen, die einen Gegensatz oder zumindest eine Einschränkung ausdrücken
prima *zuerst, zunächst* **dopo** *dann, danach* **poi** *dann, danach; außerdem*	temporale Konjunktionen: zeitliche Einordung von Vorgängen oder Ereignissen

4.10.2 Congiunzioni subordinative Unterordnende Konjunktionen

se *wenn, falls*	konditionale Konjunktion, die eine Bedingung angibt
quando *wenn, als*	temporale Konjunktion, die einen Vorgang zeitlich einordnet
perché *weil, da*	kausale Konjunktion, welche einen Grund angibt

- Besonders zu beachten ist der Unterschied zwischen *se* und *quando*, da beide Konjunktionen im Deutschen oft mit *wenn* wiedergegeben werden.

Se andiamo a Roma, vogliamo vedere il Colosseo.
Wenn (= falls) wir nach Rom fahren, wollen wir das Kolosseum sehen.
(Es ist nicht sicher, dass wir nach Rom fahren.)
Quando andiamo a Roma, vogliamo vedere il Colosseo.
Wenn wir nach Rom fahren, wollen wir das Kolosseum sehen.
(Es ist sicher, dass wir nach Rom fahren, es geht hier lediglich um den Zeitpunkt, wann die Romreise stattfindet.)

- Manche Wörter können sowohl als unterordnende Konjunktionen als auch als Fragewörter gebraucht werden.

– **Quando** venite a Roma? *Wann kommt ihr nach Rom?*
– Veniamo a Roma **quando** abbiamo più tempo. *Wir kommen nach Rom, wenn wir mehr Zeit haben.*
– **Perché** non venite mai a Roma? *Warum kommt ihr nie nach Rom?*
– Non veniamo a Roma **perché** non abbiamo abbastanza tempo. *Wir kommen nicht nach Rom, weil wir nicht genügend Zeit haben.*

Autocontrollo 4

1 Completa con le forme del verbo *venire*. Setze die Formen des Verbs *venire* ein.

1. ■ (tu) con me stasera?
2. Certo, ■ (io) volentieri. ■ anche Valerio?
3. Sì, ■ anche gli amici di Valerio.
4. Che bello! Cecilia però non può ■.
5. Ragazzi, ■? La colazione è pronta!
6. Grazie per l'invito, ■ (noi) volentieri.

2 Forma l'imperativo. Bilde die jeweiligen Imperative.

1. tu: ■ (mangiare) e non ■ (giocare) ai videogiochi!
2. voi: ■ (andare) a scuola. Non ■ (perdere) troppo tempo!
3. tu: ■ (finire) i compiti e ■ (apparecchiare) la tavola!
4. voi: Non ■ (dormire)! ■ (fare) attenzione!
5. tu: ■ (aprire) la finestra e ■ (venire)!
6. Lei: ■ (stare) tranquillo, ■ (fare) attenzione e ■ (avere) un po' di pazienza!
7. tu: Per favore, ■ (dare) questi libri a Mia!
8. Lei: Non ■ (dare) retta (*auf etw. hören*) a quello che dice!

3 Scegli la preposizione articolata giusta. Wähle die richtige Präposition.

1. Perché non metti i biglietti *nello/nell'/nella* tasca e il cellulare *nel/nella/nei* valigia?
2. Dobbiamo andare *al/allo/all'* supermercato.
3. Vado *all/all'/alla* edicola per comprare *La Gazzetta degli/dello/del Sport.*
4. *Sulla/Sul/Sulle* scrivania ci sono i biglietti. Ci incontriamo *allo/al/agli* stadio.
5. Partiamo *dall'/dal/dalla* Fontana di Trevi?

4 Completa con le forme giuste di *tutto* e l'articolo determinativo. Setze die richtigen Formen von *tutto* mit dem bestimmten Artikel ein.

1. La famiglia Neumann visita ■ città.
2. Simone ama ■ monumenti e ■ fontane di Roma.
3. Al ristorante guardano ■ menu.
4. ■ piatti sono buoni.
5. Lavoro ■ giorno.
6. ■ sere vado in giro.

5 Completa il testo con l'articolo partitivo e le espressioni di quantità. Aggiungi, se necessario, la particella *ne*. Vervollständige die Sätze mit den richtigen Formen des Teilungsartikels und den Mengenangaben. Ergänze, falls erforderlich, die particella *ne*.

Franziska:	Vorrei ■ frutta. ■ ciliegie e ■ uva.
Fruttivendolo:	Quanta ■ vuole?
Franziska:	Mezzo chilo ■ ciliegie e un chilo ■ uva. Mi dia anche ■ albicocche!
Fruttivendolo:	Quante ■ vuole?
Franziska:	■ vorrei cinque. E poi ■ spinaci e ■ pomodori.
Fruttivendolo:	Quanti, signora?
Franziska:	Allora, prendo tre etti ■ spinaci e quattro etti ■ pomodori.

Lezione 5

5.1 L'ora Die Uhrzeit

l'ora	Che ora è?/Che ore sono? (Wie spät ist es?)	A che ora? (Um wie viel Uhr?)
9:00	Sono le nove.	Alle nove.
9:05	Sono le nove e cinque	Alle nove e cinque.
9:15	Sono le nove e un quarto. Sono le nove e quindici.	Alle nove e un quarto. Alle nove e quindici.
9:30	Sono le nove e mezzo/a. Sono le nove e trenta.	Alle nove e mezzo/a. Alle nove e trenta.
9:40	Sono le dieci meno venti. Sono le nove e quaranta.	Alle dieci meno venti. Alle nove e quaranta.
9:45	Sono le dieci meno un quarto. Sono le nove e quarantacinque.	Alle dieci meno un quarto. Alle nove e quarantacinque.
9:55	Sono le dieci meno cinque. Sono le nove e cinquantacinque.	Alle dieci meno cinque. Alle nove e cinquantacinque.
12:00	È mezzogiorno. Sono le dodici.	A mezzogiorno. Alle dodici.
1:00 13:00	È l'una. Sono le tredici.	All'una. Alle tredici.
24:00	È mezzanotte. Sono le ventiquattro.	A mezzanotte. Alle ventiquattro.

Bei offiziellen Zeitangaben wird wie im Deutschen in 24 Stunden gezählt:
Il treno di Ornella arriva alle 20:33 (alle ore venti e trentatré).
Ornellas Zug kommt um 20:33 Uhr an.

Wie dieses Beispiel zeigt, ist der Gebrauch des femininen Artikels im Plural mit dem jeweils zu ergänzenden „ore" bzw. „ora" zu erklären (Sono le ore tredici. = Sono le tredici./È l'ora una. = È l'una.)

5.2 Qualche indicazione temporale importante Einige wichtige Zeitangaben

Espressioni temporali		la giornata	der Tag
la settimana scorsa	letzte Woche	la mattina	morgens
l'altro ieri	vorgestern	a mezzogiorno	mittags
ieri	gestern	nel pomeriggio	nachmittags
oggi	heute	la sera	abends
domani	morgen	la notte	nachts
dopodomani	übermorgen		
la prossima settimana	nächste Woche		

I giorni della settimana Die Wochentage

Italienisch	Französisch	Spanisch	Deutsch	
lunedì	lundi	lunes	Montag	Die Wochentage sind mit Ausnahme von *domenica* maskulin. Sie enden auf -dì, das sich vom Lateinischen *dies* (Tag) ableitet und in der im Italienischen durchaus gebrauchten Grußformel *buon dì* (vgl. span. *buenos dias*) fortlebt.
martedì	mardi	martes	Dienstag	
mercoledì	mercredi	miércoles	Mittwoch	
giovedì	jeudi	jueves	Donnerstag	
venerdì	vendredi	viernes	Freitag	
sabato	samedi	sábado	Samstag	
domenica	dimanche	domingo	Sonntag	

Lässt man bei Wochentagen den Artikel weg, so ist ein bestimmter Wochentag gemeint (Che cosa fai domenica? *Was machst du am Sonntag?*).
Will man ausdrücken, dass etwas **jeden** Montag, Dienstag, … geschieht, benutzt man den Artikel oder die Präposition *di* (La domenica/Di domenica Ornella dorme a lungo. *Jeden Sonntag/Sonntags schläft Ornella lange.*).

Le stagioni e i mesi Die Jahreszeiten und die Monate

la primavera *der Frühling*	**marzo** *März* **aprile** *April* **maggio** *Mai*	• Die Monate sind wie das italienische Wort *il mese* maskulin. Sie stehen meist ohne Artikel, z. B.: In agosto a Roma fa molto caldo. *Der August ist in Rom sehr heiß.* • Bei Monatsangaben können die Präpositionen *in* und *a* gebraucht werden, z. B. in/a settembre = *im September*; aber: nel mese di settembre = *im Monat September* • Bei Jahreszeiten wird die Präposition *in* verwendet, z. B. in primavera = *im Frühling*. Bei *estate* und *inverno* ist auch *di* möglich, also: d'estate *im Sommer*/d'inverno *im Winter*.
l'estate (*f.*) *der Sommer*	**giugno** *Juni* **luglio** *Juli* **agosto** *August*	
l'autunno *der Herbst*	**settembre** *September* **ottobre** *Oktober* **novembre** *November*	
l'inverno *der Winter*	**dicembre** *Dezember* **gennaio** *Januar* **febbraio** *Februar*	

5.3 La data Das Datum

Partono per Roma il due settembre. *Sie fahren am 2. September nach Rom.*	Normalerweise werden beim Datum die Grundzahlen verwendet.
Oggi è il primo settembre. *Heute ist der 1. September.*	Nur für den Ersten jedes Monats steht die Ordnungszahl.

Occhio!

Im Unterschied zum Deutschen steht im Italienischen bei der Angabe eines Tages keine Präposition, sondern lediglich der bestimmte Artikel:
il 25 aprile = ***am*** *25. April*
il giorno di Pasqua (siamo andati …) = ***am*** *Ostertag (gingen wir …)*
la domenica di Pasqua = ***am*** *Ostersonntag*

5.4 I verbi riflessivi Die reflexiven Verben

5.4.1 Le forme Die Formen

Reflexive Verben bestehen aus einem Reflexivpronomen und einer Verbform, z. B. mi chiamo, vgl. Lezione 1.

Wie dieses Beispiel zeigt, sind reflexive Verben im Italienischen nicht immer im Deutschen reflexiv, vgl. mi alzo *ich stehe auf*, come ti chiami? *wie heißt du?* (wörtlich: *nennst du dich*, ebenso im Französischen: comment tu t'appelles?).

alzarsi *aufstehen, sich erheben*	**vestirsi** *sich anziehen*	**sentirsi** *sich fühlen*
mi alzo	**mi** vesto	**mi** sento
ti alzi	**ti** vesti	**ti** senti
si alza	**si** veste	**si** sente
ci alziamo	**ci** vestiamo	**ci** sentiamo
vi alzate	**vi** vestite	**vi** sentite
si alzano	**si** vestono	**si** sentono

5.4.2 La posizione del pronome riflessivo Die Stellung des Reflexivpronomens

Il fine settimana Hannah **si sveglia** sempre tardi. *Am Wochenende wacht Hannah immer spät auf.* Hannah **non si sbriga**. *Hannah beeilt sich nicht.*	Im **Aussagesatz** und im **Fragesatz** steht das Reflexivpronomen immer **vor dem konjugierten Verb**. Die **Verneinung non** steht **vor** dem **Reflexivpronomen**.
Prima di **vestirsi** Hannah si fa la doccia. *Bevor sich Hanna anzieht, duscht sie sich.*	Steht das **reflexive Verb** im Satz im **Infinitiv**, so wird das Reflexivpronomen an diesen **angehängt**.
Hannah **deve sbrigarsi**. Hannah **si deve sbrigare**. *Hannah muss sich beeilen.* Ben non **vuole alzarsi**. Ben non **si vuole alzare**. *Ben will nicht aufstehen.*	Steht das **reflexive Verb** in **Abhängigkeit** von einem **Modalverb** (potere, dovere, volere, sapere), so kann das Reflexivpronomen entweder **an den Infinitiv angehängt** oder **dem konjugierten Modalverb vorangestellt werden**.

5.4.3 L'imperativo dei verbi riflessivi Der Imperativ der reflexiven Verben

Der verneinte Imperativ wird grundsätzlich durch ein vorangestelltes *non* und die entsprechende Befehlsform gebildet. Allerdings wird bei der Verneinung des Imperativs der 2. Person Singular nicht der Imperativ sondern der **Infinitiv** verwendet.

	positivo	negativo
2. P. Sg.	Hannah, **alzati**! *Hannah, steh auf!*	Non **alzarti**! (und: Non **ti alzare**!) *Steh nicht auf!*
1. P. Pl.	**Vestiamoci**! *Ziehen wir uns an!*	Non **vestiamoci**! (und: Non **ci vestiamo**!) *Ziehen wir uns nicht an!*
2. P. Pl.	**Sbrigatevi**! *Beeilt euch!*	Non **sbrigatevi**! (und: Non **vi sbrigate**!) *Beeilt euch nicht!*
	Das Pronomen wird an die Verbform **angehängt**. Die Betonung liegt auf der **drittletzten** Silbe.	Das Pronomen kann entweder an die Verbform **angehängt** werden oder (seltener!) **vor** ihr stehen.

Nota bene

- Bei einsilbigen Verben kommt es in der 2. Person Singular zu einer Konsonantenverdoppelung:
  Fa**tt**i la doccia! *Dusch(e) dich!*
- In der Höflichkeitsform werden die Reflexivpronomina immer vorangestellt.

	positivo	negativo
3. P. Sg.	Signora Neumann, **Si alzi**! *Frau Neumann, stehen Sie auf!*	Non **Si alzi**! *Stehen Sie nicht auf!*

5.5 I verbi *uscire* e *riuscire* Die Verben *uscire* und *riuscire*

uscire *ausgehen, hinausgehen*	**riuscire (a fare qualcosa)** *gelingen, es schaffen (etwas zu tun)*
esco	riesco
esci	riesci
esce	riesce
usciamo	riusciamo
uscite	riuscite
escono	riescono

Occhio!
In der 1. Person Plural wird das „i" der Endung nicht ausgesprochen: *usciamo, riusciamo.*

Die 1. und 2. Person Plural werden nach dem Infinitiv gebildet. Bei den anderen Formen verändert sich der Stammvokal von „u" zu „e".

5.6 L'uso di *molto* e *poco* davanti agli aggettivi Der Gebrauch von *molto* und *poco* vor Adjektiven

Andare in città senza Ben è molto pericoloso. *Es ist sehr gefährlich, ohne Ben in die Stadt zu gehen.* Fare shopping con le ragazze è poco interessante per Ben. *Mit den Mädchen shoppen zu gehen, ist für Ben wenig interessant.*	Die Adverbien *molto* und *poco* werden auch dazu verwendet, Adjektive hinsichtlich ihrer Intensität zu modifizieren. Wie alle Adverbien sind sie **unveränderlich** und werden daher nicht an die Substantive angeglichen.

5.7 Il superlativo assoluto Der absolute Superlativ

Der absolute Superlativ drückt einen sehr hohen Grad einer Eigenschaft aus, ohne einen Vergleich mit anderen Begriffen zu machen, wie es beim Komparativ und beim relativen Superlativ der Fall ist.

5.7.1 La formazione Die Bildung

Der absolute Superlativ wird gebildet, indem man an den Stamm die Endungen -issimo, -issima, -issimi, -issime anhängt. Die Betonung liegt immer auf der drittletzten Silbe.

Questo vestito è bellissimo. *Dieses Kleid ist wunderschön.*
Una signora ricchissima si compra un vestito lunghissimo e bellissimo. *Eine steinreiche Dame kauft sich ein sehr langes und sehr schönes Kleid.*

Occhio!
Achte auf die **Schreibung** bei den Adjektiven auf **-co** und **-go** (+ h!)

Beachte die Schreibung und Aussprache bei „praticissimo"!

5.7.2 L'uso Der Gebrauch

Mit dem absoluten Superlativ wird ein besonders hoher Grad einer durch ein Adjektiv bezeichneten Eigenschaft ausgedrückt.
Beispiel: elegante: elegantissimo (= *sehr elegant*, d. h. in besonders hohem Maße, zu einem besonders hohen Grad elegant)

Nota bene
Ein sehr hoher Grad kann auch durch die Verdoppelung des Adjektivs ausgedrückt werden:
Ehi, Ben, piano piano! *Hey Ben, jetzt mal ganz langsam!*

5.8 Gli aggettivi di colore Die Farbadjektive

Ornella, guarda questa gonna **rossa**. *Ornella, schau dir diesen roten Rock an.*	Die Farbadjektive stehen im Italienischen **immer hinter** dem Substantiv, auf das sie sich beziehen.

Die **meisten** Farbadjektive sind **veränderlich**, z. B.: rosso/a, azzurro/a, giallo/a, grigio/a, nero/a, verde (Pl.: verdi) **Achtung**: bianco, bianca, bian**chi**, bian**che**	**Unveränderlich** sind: • blu, viola, beige, rosa, arancione • Farbadjektive, die durch ein **weiteres Adjektiv** oder **Substantiv ergänzt** werden.
Con la mia camicett**a** bianc**a** è veramente molto bella. *Zusammen mit meiner weißen Bluse sieht das wirklich sehr schön aus.*	Prendo la gonn**a** **blu**. *Ich nehme den blauen Rock.* Guardate questa magliett**a** grigi**o** **chiaro**. *Schaut euch dieses hellgraue T-Shirt an.* Ornella, guarda queste gonne **rosso fuoco**. *Ornella, schau dir diese feuerroten Röcke an.*

5.9 L'aggettivo *bello* Das Adjektiv *bello*

5.9.1 Come aggettivo qualificativo Als begleitendes Adjektiv vor dem Substantiv

	Maskulinum		Femininum	
Sg.	il cappello l'anello lo stivale	il **bel** cappello il **bell'**anello il **bello** stivale	la gonna l'amica	la **bella** gonna la **bell'**amica
Pl.	i cappelli gli anelli gli stivali	i **bei** cappelli i **begli** anelli i **begli** stivali	le gonne le amiche	le **belle** gonne le **belle** amiche

Steht *bello* direkt vor dem Substantiv, so bildet es (wie *quello*) die Formen im Singular und Plural in Anlehnung an den bestimmten Artikel.

Nota bene

- Die Endung des Adjektivs *buono* verhält sich, wenn es einem Substantiv vorangestellt ist, so wie der unbestimmte Artikel, man sagt also:
  un buo**n** prezzo, un buo**no** stivale, una buo**na** amica und una buon'amica, una buona idea und una buon'idea.

5.9.2 Come aggettivo predicativo Als Prädikativum nach dem Verb

	Maskulinum	Femininum
Sg.	Il cappello è **bello**. L'anello è **bello**. Lo stivale è **bello**.	La gonna è **bella**. L'amica è **bella**.
Pl.	I cappelli sono **belli**. Gli anelli sono **belli**. Gli stivali sono **belli**.	Le gonne sono **belle**. Le amiche sono **belle**.

Steht *bello* nicht direkt vor dem Substantiv, so werden die ungekürzten Formen *bello*, *bella*, *belli* und *belle* verwendet.

5.10 La doppia negazione Die mehrteilige Verneinung

Während im Deutschen eine einfache Verneinung genügt, wird im Italienischen doppelt oder sogar mehrfach verneint (vgl. *non … mai niente = nie etwas*).
In den einfachen Zeiten (z. B. Präsens) umfassen ***non*** und der zweite Teil der Verneinung das konjugierte Verb (mitsamt einem eventuell vorhandenen unbetonten Pronomen):
Questo non mi piace per niente. *Das gefällt mir überhaupt nicht.*
non + (Pronomen +) Verb + **zweiter Teil der Verneinung**

Ornella:	Questa gonna **non** mi piace **per niente**: **Non** è **affatto** bella. **Non** piace a **nessuno**. *Dieser Rock gefällt mir ganz und gar nicht. Er ist überhaupt nicht schön. Er gefällt niemandem.*
Hannah:	Vedo che **non** ti piacciono **proprio** le gonne rosse. *Ich sehe, dass dir rote Röcke überhaupt nicht gefallen.*
Ornella:	Sì, hai ragione. Ma sai che **non** porto **né** gonne rosse **né** giacche rosse. *Ja, du hast recht. Aber weißt du: Ich trage weder rote Röcke noch rote Jacken.*
Hannah:	Sai che quando io cerco un vestito **non** trovo **mai** niente. So anche perché. Perché **non** ci sono **più** i negozi veramente italiani. *Weißt du, wenn ich ein Kleid suche, finde ich nie etwas. Ich weiß auch warum. Weil es keine wirklich italienischen Geschäfte mehr gibt.*
Ornella:	Ma ce ne sono. Forse **non** sei **ancora** andata in quel negozio del centro dove trovi solo vestiti italiani. *Aber es gibt doch welche. Vielleicht bist du noch nicht in das neue Geschäft im Zentrum gegangen wo du nur italienische Kleidung findest.*

Nota bene

Stehen *nessuno* und *niente* am Satzanfang, wird auch im Italienischen nur einfach verneint, z. B.
Nessuno viene con me allo stadio. (aber: **Non** viene **nessuno** con me …)
Niemand geht mit mir ins Stadion.
Niente è impossibile. *Nichts ist unmöglich.*

non … niente	nichts
non … per niente	ganz und gar nicht
non … mai	nie
non … mai niente	nie etwas
non … nessuno	niemand
non … più	nicht mehr
non … ancora	noch nicht
non … affatto/proprio	überhaupt nicht
non … mica	wohl nicht
non … nemmeno/neanche/neppure	auch nicht/nicht einmal
non … né … né	weder … noch
non … nessun/a	kein/e, kein/e einzige/r, überhaupt kein/e

Wortstellung

Im Präsens und in den einfachen Zeiten umfassen *non* und der zweite Teil der Verneinung das konjugierte Verb (mitsamt einem eventuell vorhandenen Pronomen): *non* + (Pronomen +) Verb + **zweiter Teil der Verneinung**	In den zusammengesetzten Zeiten (v. a. dem passato prossimo, vgl. 5.11) stehen *più*, *ancora* und *mai* meist zwischen dem Hilfsverb und dem Partizip. *non* + (Pronomen +) Verb + *più/ancora/mai* + *participio passato* *Nessuno/nessun* und *(per) niente* hingegen stehen stets nach dem *participio passato*.
Questa gonna **non** mi piace **per niente**. *Dieser Rock gefällt mir ganz und gar nicht.*	Questa gonna **non** mi è **mai** piaciuta. *Dieser Rock hat mir nie gefallen.* Questa gonna **non** mi è piaciuta **per niente**. *Dieser Rock hat mir ganz und gar nicht gefallen.*

5.11 Il passato prossimo Das *passato prossimo*

Das *passato prossimo* ist eine zusammengesetzte Zeit der Vergangenheit. Ähnlich dem deutschen Perfekt oder dem französischen *passé composé* wird es mit einer konjugierten Form der Hilfsverben *avere* (haben/avoir) bzw. *essere* (sein/être) und dem **Partizip Perfekt des Vollverbs** gebildet. Es drückt abgeschlossene Handlungen und Vorgänge in der Vergangenheit aus.

Ieri **abbiamo passato** una serata speciale: prima **siamo andati** a mangiare la pizza in un bel ristorante e poi **siamo andati** in una discoteca dove tutti **hanno ballato** e **si sono divertiti**.
Gestern haben wir einen besonderen Abend verbracht: Zuerst gingen wir in einem schönen Restaurant Pizza essen und dann in eine Disko, wo alle getanzt und sich amüsiert haben.

5.11.1 La formazione del participio passato Die Bildung des Partizip Perfekt

Partizip Perfekt (participio passato)		
Infinitivstamm	Partizipendung	
and-	**ato** (-a, -i, -e) (Verben auf -are)	Die Verben auf -**are** bilden das *participio passato* auf -**ato**, die Verben auf -**ere** auf -**uto** und die Verben auf -**ire** auf -**ito**.
vend-	**uto** (-a, -i, -e) (Verben auf -ere)	
usc-	**ito** (-a, -i, -e) (Verben auf -ire)	

Nota bene
Die Endung des Partizip Perfekt ist abhängig vom Hilfsverb bzw. der Art des Vollverbs. Vgl. 5.11.2

Beachte das *participio passato* der folgenden unregelmäßigen Verben:

Verben auf -ere		**Verben auf -ire**		**sonstige**	
chiedere	chiesto	aprire	aperto	bere	bevuto
leggere	letto	dire	detto	essere	stato
mettere	messo	morire	morto	fare	fatto
nascere	nato	offrire	offerto		
piacere	piaciuto	venire	venuto		
perdere	perso				
prendere	preso				
proporre	proposto				
rimanere	rimasto				
rispondere	risposto				
scendere	sceso				
scrivere	scritto				
spegnere	speso				
vedere	visto				
vivere	vissuto				

5.11.2 *Avere o essere* *Avere* oder *essere*

Wie auch im Deutschen oder Französischen werden manche Verben mit dem Hilfsverb *avere* und manche mit dem Hilfsverb *essere* gebildet.

Ho trovato Ornella. *Ich **habe** Ornella gefunden.* Poco più tardi **è** arrivata una DJ. *Ein wenig später **ist** eine DJ gekommen.*	Wie im Deutschen wird auch im Italienischen bei transitiven Verben grundsätzlich *avere* (haben) und bei intransitiven Verben *essere* (sein) verwendet.

avere	**essere**
Ho lavato la macchina. *Ich habe das Auto gewaschen.*	**Sono andato/andata** a scuola. *Ich bin zur Schule gegangen.*
Hai lavato la macchina. *Du hast das Auto gewaschen.*	**Sei andato/andata** a scuola. *Du bist zur Schule gegangen.*
Ha lavato la macchina. *Er/Sie hat das Auto gewaschen.*	**È andato/andata** a scuola. *Er/Sie ist zur Schule gegangen.*
Abbiamo lavato la macchina. *Wir haben das Auto gewaschen.*	**Siamo andati/andate** a scuola. *Wir sind zur Schule gegangen.*
Avete lavato la macchina. *Ihr habt das Auto gewaschen.*	**Siete andati/andate** a scuola. *Ihr seid zur Schule gegangen.*
Hanno lavato la macchina. *Sie haben das Auto gewaschen.*	**Sono andati/andate** a scuola. *Sie sind zur Schule gegangen.*

Occhio!
Bei gemischten Gruppen wird beim passato prossimo immer die männliche Form gewählt: Hannah, Ornella e Ben sono andati a scuola.

Nota bene

- Bei *avere* bleibt das Partizip Perfekt **unverändert**.

- Bei *essere* ist das Partizip Perfekt **veränderlich** und richtet sich in **Genus** und **Numerus** nach dem **Subjekt** des Satzes.
- **Reflexive Verben** werden **immer** mit *essere* gebildet (Angleichung!).

Ieri alle sei **Hannah si è** alzat**a**. Poi **si è** lavat**a** e **si è** truccat**a** un po'. Mezz'ora più tardi anche **Ben si è** svegliat**o**. **Si è** fatt**o** la doccia e **si è** pettinat**o**. Dopo la prima colazione **Hannah e Ben si sono** sbrigat**i** per non essere in ritardo.
Gestern ist Hannah um sechs Uhr aufgestanden. Dann hat sie sich gewaschen und ein wenig geschminkt. Eine halbe Stunde später ist auch Ben aufgewacht. Er hat sich geduscht und gekämmt. Nach dem Frühstück haben sich Hannah und Ben beeilt, um nicht zu spät zu kommen.

! Ausnahmen:

essere	
piacere *mögen, gefallen*	Ieri ho visto una bella giacca. **Mi è piaciuta** subito. *Gestern sah ich eine schöne Jacke. Sie* **hat** *mir sofort gefallen.*
costare *kosten*	Così ho comprato la giacca. **È** costata 55 euro. *So habe ich die Jacke gekauft. Sie* **hat** *55 Euro gekostet.*
bastare *genügen, reichen*	Per fortuna i miei soldi **sono bastati**. *Zum Glück* **hat** *mein Geld ausgereicht.*
durare *dauern*	Tutto lo shopping **è durato** solo mezz'ora. *Der ganze Einkauf* **hat** *nur eine halbe Stunde gedauert.*

avere	
camminare *laufen, zu Fuß gehen*	**Abbiamo camminato** tutto il giorno. *Wir* **sind** *den ganzen Tag gelaufen.*
girare *herumgehen, -fahren*	**Ho girato** la città. *Ich* **bin** *in der Stadt herumgegangen.*
correre *laufen*	Valerio **ha corso** cinque chilometri. *Valerio* **ist** *fünf Kilometer gelaufen.*
viaggiare *reisen*	Ornella **ha viaggiato** in treno. *Ornella* **ist** *mit dem Zug gereist.*
saltare *springen*	Hannah **ha saltato** per la gioia. *Hannah* **ist** *vor Freude hochgesprungen.*
nuotare *schwimmen*	Valerio **ha** anche **nuotato** un chilometro. *Valerio* **ist** *auch einen Kilometer geschwommen.*
sciare *Ski laufen, Ski fahren*	Alla fine **ha sciato** sull'acqua. *Am Ende* **ist** *er Wasserski gelaufen.*

Nota bene

Wird das **Ziel der Bewegung** angegeben, verwendet man bei den Verben *correre* und *saltare* das Hilfsverb *essere*.
Dopo scuola Ben **è** corso a casa. *Nach der Schule ist Ben nach Hause gelaufen.*

Occhio!

Das *passato prossimo* von *piacere, costare, bastare* und *durare* wird, anders als im Deutschen, mit *essere* gebildet. Das Partizip muss dabei an das Bezugswort angeglichen werden.

5.11.3 Verbi usati sia con *essere* sia con *avere* Wechselnder Gebrauch von *avere* und *essere*

Einige Verben werden, je nachdem, ob sie **intransitiv** (ohne Objekt) oder **transitiv** (mit direktem Objekt) gebraucht werden, mit *essere* oder *avere* verbunden. Meist geht damit auch ein **Bedeutungsunterschied** einher.

	transitiver Gebrauch: **avere**	intransitiver Gebrauch: **essere**
cominciare/iniziare *beginnen, anfangen*	Emma ha cominciato/iniziato il concerto alle dieci. *Emma hat das Konzert um zehn/22 Uhr begonnen.*	Il concerto è cominciato/ iniziato alle dieci. *Das Konzert hat um zehn/22 Uhr begonnen.*
continuare *fortsetzen, weitergehen*	Dopo la pausa ha continuato il concerto. *Nach der Pause hat sie das Konzert fortgesetzt.*	Dopo la pausa il concerto è continuato. *Nach der Pause ist das Konzert weitergegangen.*
finire *beenden, zu Ende gehen*	Ha finito il concerto a mezzanotte. *Sie hat das Konzert um Mitternacht beendet.*	Il concerto è finito a mezzanotte. *Das Konzert ist um Mitternacht zu Ende gegangen.*
cambiare ändern, sich verändern	Emma ha cambiato la sua musica. *Emma hat ihre Musik verändert.*	La musica di Emma è cambiata. *Emmas Musik hat sich verändert.*
suonare *spielen, läuten*	Ha suonato il pianoforte. *Sie hat Klavier gespielt.*	La mattina dopo è suonata la sveglia. *Am nächsten Morgen hat der Wecker geläutet.*

Nota bene

Bei den Modalverben *potere*, *dovere* und *volere* richtet sich der Gebrauch von *essere* oder *avere* nach dem des **zugehörigen Vollverbs**.

Occhio!

cambiare = ändern, sich verändern
cambiarsi = sich umziehen

Ieri Ben non **ha giocato** a calcio perché **è andato** a scuola.

Ieri Ben non **ha potuto giocare** a calcio perché **è dovuto andare** a scuola.
Gestern konnte Ben nicht Fußball spielen, weil er in die Schule gehen musste.

Ieri Hannah **ha dormito** poco perché **è andata** al concerto.
Ieri Hannah **ha potuto dormire** poco perché **è dovuta andare** al concerto.

Le ragazze **sono tornate** a casa a piedi.
Le ragazze **sono dovute tornare** a casa a piedi.

I ragazzi **sono tornati** a casa a piedi.
I ragazzi **sono dovuti tornare** a casa a piedi.

5.12 I pronomi relativi *che, cui* e *quello che/ciò che* Die Relativpronomina *che, cui* und *quello che/ciò che*

Um einen Relativsatz einzuleiten, werden im Italienischen die Relativpronomina *che* und *cui* verwendet.

Che

Das Relativpronomen *che* ist unveränderlich und wird als Subjekt oder als direktes Objekt gebraucht.

Ho passato un pomeriggio in un posto **che** mi piace tanto.
Ich habe einen Nachmittag an einem Ort verbracht, der mir sehr gut gefällt.
Valerio ha un piano di allenamento **che** osserva rigorosamente.
Valerio hat einen Trainingsplan, den er strikt einhält.

Occhio!
Che darf nicht mit dem Interogativpronomen **chi** (= *wer*) verwechselt werden, z. B. Chi ti ha aiutato? *Wer hat dir geholfen?*

Cui

Das **Relativpronomen** *cui* ist ebenfalls **unveränderlich**. Es steht **nach Präpositionen.**

Questa è una gelateria in **cui** trovi un ottimo gelato.
Das ist eine Eisdiele, in der du ein hervorragendes Eis bekommst.
Anche gli amici con **cui** esco, vogliono andare solo in questa gelateria.
Auch meine Freunde, mit denen ich ausgehe, wollen nur in diese Eisdiele gehen.
Anche il mio amico francese a **cui** ho offerto una volta un gelato parla sempre di questa gelateria. *Auch mein französischer Freund, den ich einmal zu einem Eis eingeladen habe, spricht immer über diese Eisdiele.*

Quello che/Ció che

Per colazione ho mangiato **quello che/ció che** mi piace. *Zum Frühstück habe ich gegessen, **was** mir schmeckt.*
Mangio sempre **tutto quello che/ció che** prepara la mamma. *Ich esse immer **alles**, **was** meine Mama zubereitet.*

Wenn es im übergeordneten Satz **kein Bezugswort** gibt, steht **vor** dem Relativpronomen *che* immer **quello/ciò**. Auch **nach** *tutto* muss *quello/ciò* **vor** dem Relativpronomen *che* stehen.

Autocontrollo 5

1 Completa il testo con le forme giuste dei verbi riflessivi.

Flavia racconta: "Alle sette ■ (svegliarsi). Subito dopo ■ (alzarsi) per ■ (farsi) la doccia. Poi ■ (lavarsi) i denti e ■ (vestirsi). Le mie amiche ■ (alzarsi) più tardi. Devono sempre ■ (sbrigarsi) per non arrivare in ritardo a scuola. E voi, quando ■ (alzarsi)?"

2 Completa con la desinenza giusta.

1. un■ gonn■ ross■ fuoc■
2. l■ scarp■ marron■
3. l■ camicett■ verd■
4. gli stival■ celest■
5. il maglion■ ros■
6. i■ vestit■ giall■
7. un■ cintur■ bl■
8. i pantalon■ grig■
9. l■ magliett■ verd■ chiar■
10. l■ felp■ arancion■

3 Completa con *bello* e *quello*.

1. Guarda q■ pantaloni lì. Sono davvero b■.
2. Ti piacciono questi b■ jeans oppure questa b■ gonna verde?
3. Preferisco q■ nera lì. Guarda q■ stivali lì. Sono b■. Mi piacciono anche queste b■ giacche qui.
4. Mi piace questo b■ vestito bianco.
5. Tutto è molto b■.

4 Metti le frasi al passato prossimo.

1. Lavoriamo tutti i giorni.
2. Perché non dormite fino a tardi?
3. Devo fare i compiti.
4. Hannah e Ben vanno a letto tardi.
5. I miei amici partono alle sette.
6. Ragazzi, fate una passeggiata?
7. Le mie amiche si alzano tardi.
8. Leggi un libro in classe?
9. Gemma, esci con Ben?
10. A Elisabetta non piace lo sport.
11. Hannah e Ornella si allenano nel parco.
12. Ornella corre cinque chilometri.
13. È una bella festa! Dura fino a tardi.
14. I soldi bastano.
15. Viaggio in treno.
16. Hannah riesce a nuotare un chilometro.
17. Il concerto inizia alle nove.
18. La cantante inizia il concerto alle nove.

5 Come si dice in italiano?

1. In diesem Geschäft finde ich nichts.
2. Die Jacken haben mir überhaupt nicht gefallen.
3. Wir haben hier noch nie etwas Schönes gefunden.
4. Das Geschäft hat weder schöne Sachen noch gute Preise.
5. Sie haben noch nicht einmal ein schönes Schaufenster.

6 Completa con *che* o *cui* e, se necessario, con la preposizione coretta.

la ragione: *Grund*

1. La fisica è la materia ■ mi piace di più.
2. Questa è la ragazza ■ ti ho parlato.
3. Il libro ■ leggo è molto interessante.
4. Il treno è un mezzo ■ viaggio spesso.
5. La persona ■ sto scrivendo è mia sorella.
6. Questa è la ragione ■ ti ho chiamato.

Lezione 6

6.1 I pronomi personali atoni con funzione di oggetto diretto Die unbetonten direkten Objektpronomina

Unbetonte direkte Objektpronomina ersetzen direkte Objekte (die meist deutschen Akkusativobjekten entsprechen). Man erkennt ein direktes Objekt daran, dass es „direkt" hinter dem Verb steht, d. h. dass es nicht etwa durch eine Präposition mit dem Verb verbunden ist.

Domani facciamo **una partita di calcio**.

Verb — direkter Anschluss ohne Präposition = direktes Objekt

La organizzo io.

Ersatz des direkten Objekts durch ein Pronomen

! Einige italienische Verben ziehen – im Unterschied zum Deutschen – ein direktes Objekt nach sich. Diese sind zum Beispiel:

aiutare **qn**	*jd**m** helfen*
aspettare **qn**	***auf** jdn warten*
ascoltare **qn**	*jd**m** zuhören*
ringraziare **qn**	*jd**m** danken*
seguire **qn**	*jd**m** folgen*

6.1.1 Le forme Die Formen

1. Person Singular	mi		*mich*	
2. Person Singular	ti		*dich*	
3. Person Singular	lo, la	La	*ihn, sie, es*	*Sie*
1. Person Plural	ci		*uns*	
2. Person Plural	vi		*euch*	
3. Person Plural	li, le	Li/Le	*sie*	*Sie*

Nota bene

La bezieht sich in der höflichen Anrede auf ein **männliches** oder **weibliches direktes Objekt**.

6.1.2 La posizione Die Stellung

Non **mi** ascolti? *Hörst du mir nicht zu?* Sì, sì, **ti** ascolto. *Doch, doch, ich höre dir zu.* Dov'è il gioco? **Lo** cerco da un'ora. *Wo ist das Spiel? Ich suche es seit einer Stunde.*	Die Objektpronomina stehen im Italienischen (wie auch im Französischen) vor dem konjugierten Verb.

Dove sono le carte? Non riesco a trovar**le**. *Wo sind die Karten. Ich kann sie nicht finden.* Dove sono i CD? Non so dove posso trovar**li**/**li** posso trovare. *Wo sind die CDs? Ich weiß nicht, wo ich sie finden kann.* Allora cercate**li**! Anzi, cerchiamo**li** insieme. Non **ti** preoccupare/Non preoccupar**ti**! Non **vi** preoccupate/Non preoccupate**vi**! *Dann sucht sie eben! Vielmehr lasst uns sie gemeinsam suchen! Mach dir keine Sorgen! Macht euch keine Sorgen!*	Das unbetonte Personalpronomen wird immer an den Imperativ der 1. und 2. Person sowie an den Infinitiv angehängt. Dabei entfällt das -e der Infinitivendung. Beim verneinten Imperativ kann das unbetonte Personalpronomen auch unmittelbar vor dem Verb stehen. Befindet sich im Satz ein Infinitiv nach einem Modalverb, so steht das unbetonte Pronomen entweder vor dem konjugierten Modalverb oder es wird an den Infinitiv angehängt.
Ecco**li** qua! *Hier sind sie!*	Bei *ecco* werden die Objektpronomina ebenfalls direkt angehängt. Die Betonung liegt auf dem „e" von *ecco*.

6.1.3 Il pronome atono diretto con l'imperativo dei verbi regolari e irregolari Das Objektpronomen mit dem Imperativ regelmäßiger und unregelmäßiger Verben

Die Stellung der Objektpronomen beim Imperativ ist davon abhängig, ob der Imperativ bejaht oder verneint ist und ob ein Imperativ der Höflichkeit vorliegt oder nicht.

	bejaht	verneint
2. P. Sg.	Ascolta**mi**, per favore! *Hör mir bitte zu!*	Non preoccupar**ti**!/Non **ti** preoccupare! *Mach dir keine Sorgen!*
1. P. Pl.	Il testo, leggiamo**lo** insieme! *Lesen wir gemeinsam den Text!*	Non disturbiamo**lo**!/Non **lo** disturbiamo! *Stören wir ihn nicht!*
2. P. Pl.	Ragazzi, ascoltate**lo**! *Leute, hört ihm zu!*	Non dimenticate**lo**!/Non **lo** dimenticate! *Vergesst es nicht!*
	Beim bejahten Imperativ der 2. Person Singular und der 1./2. Person Plural wird das Objektpronomen an die Verbform angehängt. Die Betonung liegt auf der drittletzten Silbe.	Beim verneinten Imperativ der 2. Person Singular und der 1./2. Person Plural kann das Pronomen entweder an den Infinitiv angehängt werden oder (seltener) vor der konjugierten Verbform stehen.

Nota bene

In der Höflichkeitsform werden unbetonte Objektpronomina immer vorangestellt.
Il direttore vuole parlare con Lei. **Lo** chiami subito.
Der Direktor möchte mit Ihnen sprechen. Rufen Sie ihn sofort an!

Occhio!

Da' le copie dell'handout ai tuoi compagni!
Da**ll**e ai tuoi compagni!

Fa' subito i compiti!
Fa**ll**i subito!

Wird das unbetonte direkte Objektpronomen an unregelmäßige einsilbige Imperative der 2. Person Singular (da', di', fa' etc.) angehängt, so wird der Konsonant verdoppelt:
da' + le → Da**ll**e!
Gleiches gilt für das unbetonte indirekte Objektpronomen: Di**cci**…! (Sag uns…!) vgl. 7.1.4.
Bei der *forma di cortesia* steht das Pronomen hingegen vor der Imperativform:
Le dia alla collega!
Li faccia subito!

6.2 Il futuro semplice Das Futur

Um Zukünftiges auszudrücken, steht im Italienischen das *futuro semplice* zur Verfügung.

Domani **arriveranno** i nostri partner dello scambio.
Morgen werden unsere Austauschpartner ankommen.

Faremo due gite insieme.
Wir werden gemeinsam zwei Ausflüge unternehmen.

So già che voi italiani **vorrete** uscire spesso.
Ich weiß schon, dass ihr Italiener oft ausgehen wollt.

Dovrò quasi sempre parlare italiano perché il mio partner non conosce bene il tedesco.
Ich werde fast immer Italienisch sprechen müssen, weil mein Partner nicht gut Deutsch kann.

Non **sarà** mica facile parlare sempre in italiano.
Es wird wohl nicht immer einfach sein, Italienisch zu sprechen.

Nota bene
Wie das letzte Beispiel zeigt, kann das Futur auch zum Ausdruck einer Vermutung verwendet werden.

6.2.1 Le forme regolari Die regelmäßigen Formen

parl-are	prend-ere	prefer-ire	
parl-**erò**	prend-**erò**	prefer-**irò**	Achte auf das „e" bei den Verben auf -are.
parl-**erai**	prend-**erai**	prefer-**irai**	
parl-**erà**	prend-**erà**	prefer-**irà**	
parl-**eremo**	prend-**eremo**	prefer-**iremo**	
parl-**erete**	prend-**erete**	prefer-**irete**	
parl-**eranno**	prend-**eranno**	prefer-**iranno**	

Nota bene

Bei vielen Verben auf -ere, die im Infinitiv auf der vorletzten Silbe betont werden, sowie bei *andare* entfällt das zwischenkonsonantische „e" der Futurendung.

andare	andrò, andrai, andrà, andremo, andrete, andranno
avere	avrò, avrai, avrà, avremo, avrete, avranno
dovere	dovrò, dovrai, dovrà, dovremo, dovrete, dovranno
potere	potrò, potrai, potrà, potremo, potrete, potranno
sapere	saprò, saprai, saprà, sapremo, saprete, sapranno
vedere	vedrò, vedrai, vedrà, vedremo, vedrete, vedranno

6.2.2 Le forme irregolari Die unregelmäßigen Formen

bere	berrò, berrai, berrà, berremo, berrete, berranno
dare	darò, darai, darà, daremo, darete, daranno
essere	sarò, sarai, sarà, saremo, sarete, saranno
fare	farò, farai, farà, faremo, farete, faranno
rimanere	rimarrò, rimarrai, rimarrà, rimarremo, rimarrete, rimarranno
stare	starò, starai, starà, staremo, starete, staranno
venire	verrò, verrai, verrà, verremo, verrete, verranno
volere	vorrò, vorrai, vorrà, vorremo, vorrete, vorranno

Nota bene

Handlungen, die sich in einer **sehr nahen Zukunft** abspielen, werden – wie im Deutschen – auch mit dem **Präsens** ausgedrückt (vor allem in der **gesprochenen** Sprache). Dabei wird oft ein **Zeitadverb** wie *stasera* oder *domani*, das auf die Zukunft verweist, benutzt.

Stasera andiamo al cinema. *Heute Abend gehen wir ins Kino.*

6.3 Il si impersonale Die unpersönliche si-Konstruktion

Wie das Deutsche *man* kennt auch das Italienische unpersönliche Konstruktionen. Es wird hierbei das unpersönliche *si* verwendet. Man unterscheidet zwischen dem *si impersonale* und dem *si passivante*.

si impersonale	**si passivante**
• Das **Subjekt** ist **unpersönlich**. • Deshalb steht das **Prädikat** in der **3. Person** Singular. • Bei **reflexiven Verben** wird das **erste** ***si*** zu ***ci***.	• Das **Prädikat** richtet sich im **Numerus** nach dem **direkten Objekt**. • Dies gilt auch bei **Modalverben**. • Das ***si passivante*** wird – wie der Name bereits andeutet – auch anstelle des **Passivs** verwendet. (z. B. In questo negozio il pane è fatto in casa. = si fa il pane in casa)
Come **si vive** a Napoli da **turisti**? *Wie lebt man in Neapel als Tourist?* **Si cammina** molto per scoprire tutto a piedi. *Man geht viel, um alles zu Fuß zu entdecken.* E dopo **ci si ferma** in un bar per prendere un bel caffè. *Dann macht man in einer Bar Halt, um einen guten Kaffee zu trinken.* E **si spera** di ritornare a Napoli. *Und man hofft, wieder nach Neapel zurückzukehren.*	Nella strada che si chiama "Spaccanapoli" **si trova** tutta Napoli. *In der Straße, die man als „Spaccanapoli" bezeichnet, findet man ganz Neapel.* Lì **si incontrano** i veri napoletani e tanti turisti. *Dort trifft man die wahren Neapolitaner und viele Touristen.* **Si possono mangiare** i tipici piatti napoletani. *Man kann die typischen Gerichte Neapels essen.*

6.4 Il periodo ipotetico (I) Der Bedingungssatz (I)

Um eine Bedingung auszudrücken, verwendet man auch im Italienischen ein sogenanntes Bedingungssatzgefüge (vgl. die *propositions conditionnelles* im Französischen oder *if-clauses* im Englischen) bestehend aus einem mit *se* eingeleiteten Bedingungssatz und einem die Folge ausdrückenden Hauptsatz. Insgesamt gibt es drei Typen von Bedingungssätzen, von denen hier der erste besprochen werden soll, der angibt, dass die Bedingung wahrscheinlich erfüllt wird und als realisierbar angesehen wird.

mit **se** eingeleiteter **Bedingungssatz** (Nebensatz)	die **Folge** ausdrückender **Hauptsatz**
Präsens oder **Futur**	**Präsens**, **Futur** oder **Imperativ**
Se andiamo/andremo a Torino, *Wenn wir nach Turin fahren,*	possiamo/potremo andare al *Cioccolatò*. *können wir zum* Cioccolatò *gehen.*
Se ci informiamo/informeremo bene, *Wenn wir uns gut informieren,*	scopriamo/scopriremo sicuramente altri posti da visitare. *werden wir sicherlich auch andere Orte entdecken, die man besichtigen muss.*
Se fa/farà bel tempo domani, *Wenn morgen schönes Wetter ist,*	andiamo a Torino. *fahren wir nach Turin.*
Se non hai voglia di andarci, *Wenn du keine Lust hast hinzufahren,*	dimmelo, per favore! *sag es mir bitte!*

Die Bedingung bezieht sich auf die Gegenwart oder die Zukunft und ist real.
Die Folge ist sicher bzw. wahrscheinlich.

Autocontrollo 6

1 Completa con un pronome atono diretto.

1. – Prendi un caffè? – Sì, ■ prendo.
2. – Conoscete la nuova canzone di Emma? – No, non ■ conosciamo.
3. – Ragazzi, ■ potete aiutar■ a fare i compiti? Non ■ capisco. – Certo, chiama■ quando vuoi.
4. – Non dimenticare le pianure italiane nella tua presentazione. – No, non ■ dimentico.
5. – Chiami i nonni stasera? – Sì, ■ chiamo.
6. Certo signor Crispi, ■ chiamo domani mattina.

2 Sostituisci le parti sottolineate con un pronome atono diretto.

1. Posso chiamare mia nonna stasera.
2. Non vogliamo fare i compiti a scuola.
3. Vado a trovare i miei nonni domani.
4. Leggi le pagine sette e otto!
5. Chiamate Simone!
6. Da' il libro a Gemma!
7. Non dimenticare gli appunti sulla scrivania!
8. Simone, pulisci la lavagna!

3 Metti i verbi al futuro semplice.

1. ha
2. parlano
3. è
4. beve
5. dobbiamo
6. puoi
7. fate
8. danno
9. vogliono
10. vengo

4 Completa le frasi.

1. Se farà troppo caldo, …
2. Se andiamo a Roma, …
3. Se pioverà, …
4. Se il museo è chiuso, …
5. Se non avremo scuola, …
6. Se vuoi andare a casa, …
7. Se andremo al concerto, …
8. Se si allena tutti i giorni, …

5 Forma delle frasi con il si impersonale.

1. leggere un fumetto
2. visitare i musei
3. chiedere informazioni alle persone
4. fare shopping
5. allenarsi nel parco
6. mangiare una pizza
7. bere un caffè
8. ascoltare la musica

Lezione 7

7.1 I pronomi personali atoni con funzione di oggetto indiretto Die unbetonten indirekten Objektpronomina

Die unbetonten **direkten Objektpronomina** sind bereits aus Lektion 6A bekannt.
Die unbetonten **indirekten Objektpronomina** werden ebenso verwendet, nur dass sie **indirekte Objekte** (die in den meisten Fällen, aber nicht immer, deutschen Dativobjekten entsprechen) ersetzen. Man erkennt ein indirektes Objekt daran, dass es „indirekt", d. h. mit einer **Präposition**, hinter dem Verb steht.

Il codice d'accesso, lo dà **a mio figlio**?

Verb (→ dà) – Anschluss mit der Präposition **a** = indirektes Objekt (→ a mio figlio)

Sì, **gli** do il codice d'accesso.

Ersatz des indirekten Objekts durch ein Pronomen (→ gli)

! Einige italienische Verben ziehen – im **Unterschied zum Deutschen** – ein **indirektes Objekt** nach sich. Diese sind zum Beispiel:

chiedere **a qn**	*jdn fragen*
domandare **a qn**	*jdn fragen*
telefonare **a qn**	*jdn anrufen*

7.1.1 Ripasso Wiederholung

Die unbetonten **direkten** Objektpronomina:

1. Person Singular	mi		*mich*	
2. Person Singular	ti		*dich*	
3. Person Singular	lo, la	La	*ihn, sie, es*	*Sie*
1. Person Plural	ci		*uns*	
2. Person Plural	vi		*euch*	
3. Person Plural	li, le	Li/Le	*sie*	*Sie*

7.1.2 Le forme Die Formen

Die unbetonten **indirekten** Objektpronomina:

1. Person Singular	mi		*mir*	
2. Person Singular	ti		*dir*	
3. Person Singular	**gli, le**	Le	*ihm, ihr*	*Ihnen*
1. Person Plural	ci		*uns*	
2. Person Plural	vi		*euch*	
3. Person Plural	**gli, … loro**	Loro	*ihnen*	*Ihnen*

Nota bene

- Die **direkten** und **indirekten** Objektpronomina unterscheiden sich im Italienischen nur in der 3. Person (Singular und Plural).
- *Le* kann sich in der höflichen Anrede sowohl auf ein männliches als auch auf ein weibliches **indirektes Objekt** beziehen (vgl. die Funktion von *La* bei den **direkten** Objektpronomina!).
- Für die **dritte Person Plural** gibt es die Formen *gli* (steht **vor** dem Verb) und *loro* (steht **nach** dem Verb). *Loro* wird eher in der Schriftsprache verwendet.

> La receptionist spiega tutto ai Neumann e poi **gli** dà (e poi dà **loro**) le chiavi.
> *Die Rezeptionistin erklärt den Neumanns alles und gibt ihnen dann den Schlüssel.*
> Signor Neumann, **Le** posso chiedere una cosa?
> *Herr Neumann kann ich Sie etwas fragen?*
> Signor Monti e signora Marchetti, vogliamo dar**vi** un regalo.
> *Herr Monti und Frau Marchetti, wir möchten Ihnen ein Geschenk geben.*
> Gentili ospiti, offriamo **Loro** tutti i comfort di un hotel moderno.
> *Verehrte Gäste, wir bieten Ihnen jeden Komfort eines modernen Hotels.*

7.1.3 La posizione Die Stellung

Für die **Stellung** der **indirekten** Objektpronomina gelten dieselben Regeln wie bei den **direkten** Objektpronomina. Dies betrifft auch den **Imperativ** (vgl. 6.1.2 und 6.1.3), wobei insbesondere auf die Konsonantenverdoppelung beim einsilbigen Imperativ (vgl. 7.1.4) zu achten ist.

7.1.4 L'imperativo monosillabico con i pronomi oggetto Einsilbiger Imperativ in Verbindung mit den Objektpronomina

Beim bejahten einsilbigen Imperativ der 2. Person Singular kommt es zu einer Konsonantenverdoppelung.

Einsilbiger Imperativ + Objektpronomen:
Der Anlautkonsonant der Pronomina *mi, ti, lo, la, ci, vi, li* und *le* wird verdoppelt.

Infinitiv	bejahter Imperativ
dare	• d**ammi** *gib mir* • d**alle** *gib ihr* • d**allo** *gib es* • etc.
dire	• d**immi** *sag mir* • d**icci** *sag uns* • d**ille** *sag ihr* • Di**gli** tutto. *Sag ihm alles.* • etc.

Infinitiv	bejahter Imperativ
fare	• f**alle** parlare *lass sie sprechen* • f**atti** la doccia *dusch dich* • f**allo** *mach es* • etc.
stare	st**ammi** bene *bleib (mir) gesund*

Occhio!
Bei **gli** gibt es keine Verdoppelung!

Beachte, dass bei der Imperativform *dalle* je nach Kontext ein direktes oder indirektes Objektpronomen gemeint sein kann.

indirektes Objektpronomen (Feminin Sing.)	**direktes Objektpronomen** (Feminin Pl.)
Che cosa devo dare **a Loredana**? *Was soll ich Loredana geben?* Da**lle** un libro! *Gib **ihr** ein Buch!*	A chi devo dare **le carte**? *Wem soll ich die Karten geben?* Da**lle** a Loredana! *Gib **sie** Loredana!*

7.2 Il condizionale presente Das Konditional I

Das *condizionale presente* (auch als *condizionale semplice* bezeichnet), das im Deutschen meistens mit dem Konjunktiv II bzw. mit „würde" wiedergegeben wird, hat auch im Französischen (j'aimerais) oder Englischen (I would like) seine Entsprechung.

7.2.1 Le forme regolari Die regelmäßigen Formen

Das *condizionale presente* wird genauso gebildet wie das *futuro semplice*. Lediglich die Endungen unterscheiden sich.

parl-are	prend-ere	prefer-ire
parl-**erei**	prend-**erei**	prefer-**irei**
parl-**eresti**	prend-**eresti**	prefer-**iresti**
parl-**erebbe**	prend-**erebbe**	prefer-**irebbe**
parl-**eremmo**	prend-**eremmo**	prefer-**iremmo**
parl-**ereste**	prend-**ereste**	prefer-**ireste**
parl-**erebbero**	prend-**erebbero**	prefer-**irebbero**

Occhio!

Achte besonders auf das „**e**" bei den Verben auf **-are**.

Bei einigen Verben auf -are und -ere, die im Infinitiv auf der vorletzten Silbe betont werden, entfällt das zwischenkonsonantische „e" der Endung.

avere	avrei, avresti, avrebbe, avremmo, avreste, avrebbero
andare	andrei, andresti, andrebbe, andremmo, andreste, andrebbero
dovere	dovrei dovresti, dovrebbe, dovremmo, dovreste, dovrebbero
potere	potrei, potresti, potrebbe, potremmo, potreste, potrebbero
sapere	saprei, sapresti, saprebbe, sapremmo, sapreste, saprebbero
vedere	vedrei, vedresti, vedrebbe, vedremmo, vedreste, vedrebbero

7.2.2 Le forme irregolari Die unregelmäßigen Formen

dare	darei, daresti, darebbe, daremmo, dareste, darebbero
stare	starei, staresti, starebbe, staremmo, stareste, starebbero
fare	farei, faresti, farebbe, faremmo, fareste, farebbero
essere	sarei, saresti, sarebbe, saremmo, sareste, sarebbero
bere	berrei, berresti, berrebbe, berremmo, berreste, berrebbero
rimanere	rimarrei, rimarresti, rimarrebbe, rimarremmo, rimarreste, rimarrebbero
volere	vorrei, vorresti, vorrebbe, vorremmo, vorreste, vorrebbero
venire	verrei, verresti, verrebbe, verremmo, verreste, verrebbero

7.2.3 L'uso Der Gebrauch

Das *condizionale* drückt die Einstellung des Sprechers zum Gesagten aus und erfüllt im Wesentlichen vier Funktionen.

Beispiele	Funktion
Mi **piacerebbe** visitare Venezia. *Ich würde gerne Venedig besuchen.*	Wunsch
Mi **accompagneresti**, per favore? *Würdest du mich bitte begleiten?*	höfliche Bitte
Io, al tuo posto, **prenderei** due giorni di vacanza e **partirei** subito. *Ich an deiner Stelle würde zwei Tage Urlaub nehmen und sofort abreisen.*	Möglichkeit, Vorschlag
Secondo i giornali sempre più turisti **sceglierebbero** la montagna per fare vacanze. *Den Zeitungen zufolge sollen sich immer mehr Touristen für einen Bergurlaub entscheiden.*	Wiedergabe einer Quelle, Vermutung

Das *condizionale* bringt etwas in einem höflichen Ton zum Ausdruck. Es ist also für die schriftliche und mündliche Kommunikation von hoher Bedeutung, da dem Sprecher ermöglicht wird, höflich, unaufdringlich und diplomatisch zu kommunizieren.

7.3 Il condizionale passato Das Konditional II

Während sich das *condizionale semplice* auf die Gegenwart bezieht („würde"), erlaubt es das *condizionale passato*, Wünsche, höfliche Bitten, Möglichkeiten und Vermutungen auszudrücken, die sich auf die Vergangenheit beziehen („hätte/wäre"). Es wird wie das passato *prossimo gebildet*, nur dass die Formen von *avere* und *essere* im *condizionale semplice* stehen.

Secondo me, **saremmo rimaste** a casa e **non avremmo fatto** niente … anche se forse **sarebbe stato** meglio studiare un po'.
Meiner Meinung nach wären wir zu Hause geblieben und hätten nichts gemacht … auch wenn es wahrscheinlich besser gewesen wäre, ein wenig zu lernen.

Eine weitere wesentliche Funktion des *condizionale passato* ist die Wiedergabe anderer Quellen:
Secondo alcuni giornali, il presidente si sarebbe addormentato durante una conferenza.
Einigen Zeitungen zufolge soll der Präsident während einer Konferenz eingeschlafen sein.

7.4 I pronomi e gli aggettivi indefiniti Die Indefinitpronomina und -adjektive

Im Allgemeinen bezeichnen Indefinita wie „viel, wenig, einige, …" unbestimmte Mengen. Sie können adjektivisch als Begleiter oder als Pronomina, die das Nomen ersetzen, verwendet werden.

7.4.1 *Molto, poco, tanto* e *troppo*

als Indefinitbegleiter	als Indefinitpronomina	als Adverb
• ohne die Präposition *di* • veränderlich wie Adjektive • bezieht sich wie ein Adjektiv auf ein Nomen und muss an dieses entprechend angeglichen werden	• steht anstelle eines Substantivs	unveränderlich

als Indefinitbegleiter	als Indefinitpronomina	als Adverb
Ieri ho avuto tanta fame e ho mangiato troppa frutta. *Gestern hatte ich so großen Hunger und habe zu viel Obst gegessen.*	Molti amano la frutta, ma pochi la verdura. *Viele mögen Obst, aber wenige Gemüse.*	Anch'io amo molto la frutta. *Ich mag Obst auch sehr gerne.*

7.4.2 Einige

Um „einige" auf Italienisch auszurücken, gibt es zwei Möglichkeiten:

alcuni/alcune + Substantiv im **Plural**	**qualche** + Substantiv immer im **Singular**
Qui vicino ci sono alcuni supermercati. *Hier in der Nähe gibt es einige Supermärkte.*	Qui vicino c'è qualche supermercato. *Hier in der Nähe gibt es einige Supermärkte.*

7.4.3 Etwas

Beachte die unterschiedlichen Präpositionen nach *qualcosa*:

Occhio!

- *etwas anderes* = **qualcos'altro**
- *etwas (= ein wenig, ein bisschen) Salz* = **un po' di sale**

qualcosa = *etwas*	Ein **Adjektiv** wird nach **qualcosa** mit **di** angeschlossen.	Ein **Verb** wird nach **qualcosa** mit **da** angeschlossen.
Cerchi qualcosa? *Suchst du etwas?*	Sì, vorrei qualcosa di dolce. *Ja, ich hätte gerne etwas Süßes.*	Volentieri, qualcosa da bere o qualcosa da mangiare? *Gerne. Etwas zu trinken oder etwas zu essen?*

7.4.4 Weitere Beispiele

tutto/a/i/e + bestimmter Artikel	*ganz* (vgl. 4.6)	Oggi ho dormito tutto il giorno. *Heute habe ich den ganzen Tag lang geschlafen.*
tutti/e	*alle/jeder*	Tutti vogliono andare al mare. *Alle wollen ans Meer gehen.*
ognuno, ciascuno, qualcuno Pronomen	*jeder, jemand, irgendeiner*	**Ognuno** ha una certa responsabilità per la nostra terra! *Jeder hat eine gewisse Verantwortung für unsere Erde!*
ogni unveränderliches Adjektiv	*jede/r/s*	**Ogni persona** ha una certa responsabilità per la nostra terra! *Jeder Mensch hat eine gewisse Verantwortung für unsere Erde!*
nessuno(/a)	*niemand, keine/r/s*	**Nessuno/Nessun ragazzo** può dire: "Gli altri devono fare qualcosa." *Niemand/Kein junger Mensch kann sagen: „Die anderen müssen etwas machen."*
altro/a/i/e	*andere/r/s*	Gli altri vogliono altre cose/qualcos'altro. *Die anderen wollen etwas anderes.*

Autocontrollo 7

1 Scegli il pronome giusto.

1. – Ciao Hannah, c'è Ben?
   – No, **mi/ti/ci** dispiace. Vuoi lasciar**ti/gli/lo** un messaggio?
   – No, grazie. **Lo/Gli/Le** telefono stasera.
   – Chiama**la/le/lo** nel pomeriggio.
2. Gemma non c'è; **le/lo/gli** ho mandato un messaggio.
3. Cari mamma e papà, **ci/vi/gli** voglio tanto bene.
4. Domani non possiamo venire, **mi/ci/gli** ha invitati mia nonna.
5. **Li/Gli/Le** ho aspettati tutto il giorno, ma non sono venuti.
6. Posso chieder**la/Le/gli** un favore, signor Neumann?
7. Non ho il dépliant perché **l'/lo/li** ho dato a Ornella.
8. Aiuta**gli/li**!
9. Ragazzi, ascoltate**ci/vi/ti**!
10. Signora, **La/le/ti** ringrazio!

2 Sostituisci le parole sottolineate con il pronome giusto.

1. Chi organizza <u>la festa</u>?
2. Flavia porta <u>le bibite</u>.
3. Gemma compra <u>i panini</u>.
4. Puoi chiamare <u>tuo fratello</u>?
5. Su, manda <u>il messaggio</u>!
6. Inviti <u>i tuoi amici</u>?
7. Voglio invitare <u>i miei amici</u>.
8. Chi compra <u>il regalo</u> per Hannah?

3 Metti i verbi al condizionale presente.

1. vanno; 2. mangiano; 3. mi rilasso; 4. vedi; 5. devo; 6. viene; 7. legge; 8. prendete; 9. vogliamo; 10. è

4 Metti il condizionale presente o passato al posto dell'infinito.

1. Cosa ■ (fare – tu) al posto mio?
2. ■ (visitare – io) il museo.
3. Ti ■ (accompagnare – io) volentieri.
4. Ti ■ (dovere – io) chiamare prima.
5. Mia madre non mi ■ (permettere) di uscire.
6. Ragazzi, vi ■ (piacere) uscire con noi stasera?
7. Quest'anno in estate ■ (andare – noi) volentieri in vacanza in Germania.
8. I nostri amici ■ (venire) a trovarci, ma in questo momento non hanno tempo.

Lezione 8

8.1 I pronomi doppi Die doppelten Pronomina

Aus den Lektionen 4, 6 und 7 sind bereits die **unbetonten Objektpronomina** und das **Pronominaladverb** *ne* bekannt.

Wird ein Reflexiv- oder ein unbetontes indirektes Objektpronomen mit einem direkten Objektpronomen der 3. Person oder dem Pronominaladverb *ne* kombiniert, ergeben sich folgende Formen:

8.1.1 Le forme Die Formen

	lo	**la**	**li**	**le**	**ne**
mi	me lo	me la	me li	me le	me ne
ti	te lo	te la	te li	te le	te ne
gli / **le/Le**	glielo	gliela	glieli	gliele	gliene
si	se lo	se la	se li	se le	se ne
ci	ce lo	ce la	ce li	ce le	ce ne
vi	ve lo	ve la	ve li	ve le	ve ne

Nota bene

- Das auslautende **-i** wird zu **-e** (mi ⟶ me, ti ⟶ te, …).
- Nach einem Imperativ werden die doppelten Pronomina immer zusammengeschrieben, ansonsten lediglich gli + e + zweites Pronomen.
- Treffen *mi*, *ti* oder *vi* auf das Pronominaladverb *ci*, bleiben diese **unverändert** und werden dem Pronominaladverb **vorangestellt**:
  Mi ci trovo molto bene a Roma. *Es geht mir gut hier in Rom.*
- Das Zusammentreffen des Pronominaladverbs *ci* mit dem Objektpronomen *ci* wird **vermieden**. Daher steht in einem solchen Fall beispielsweise:
  Ci vediamo lì. *Wir sehen uns dort.* (vgl. 11.1.1)
- Reihenfolge bei *si* (= man): unbetontes **direktes Objektpronomen** + *si*:
  Dov'è Hannah? Non la si vede più. *Wo ist Hannah? Man sieht sie nicht mehr.*

8.1.2 L'uso Der Gebrauch

Für die Stellung der doppelten Pronomina gelten dieselben Regeln wie für das einfache unbetonte Objektpronomen. In der Regel stehen die doppelten Pronomina vor dem konjugierten Verb. Das schließt auch den Imperativ der Höflichkeit im Singular ein.

Ho fatto tante cose durante le vacanze. **Te le** racconto subito. *Ich habe (so) viele Dinge während der Ferien gemacht. Ich erzähle sie dir sofort.*

Signor Neumann, anche Lei ha fatto tante belle cose. **Ce ne** racconti alcune. *Herr Neumann, auch Sie haben so viele schöne Dinge gemacht. Erzählen Sie uns etwas darüber.*

Adesso avete più tempo libero. **Ve lo** meritate. *Jetzt habt ihr etwas mehr Freizeit. Ihr verdient sie.*

Ecco la data della mia festa. Scrivi**tela**/Devi scriver**tela**/**Te la** devi scrivere. *Hier ist das Datum meiner Party. Schreib es dir auf!/Du musst es dir aufschreiben.*

Befindet sich im Satz ein Infinitiv in Verbindung mit einem anderen Verb (z. B. einem Modalverb) oder ein Imperativ der 1./2. Person, so wird das Pronomen an den Infinitiv angehängt. In diesem Fall wird es immer zusammengeschrieben. Das kombinierte Pronomen kann aber auch der konjugierten Form des Modalverbs vorangestellt werden.

Secondo me, bisogna conceder**selo**. *Meiner Meinung nach muss man sie sich gönnen.*
Tenete**veli** stretti i vostri hobby. *Ihr müsst euch fest an eure Hobbies halten.*

8.2 I pronomi possessivi Die Possessivpronomina

Die Possessivbegleiter sind bereits aus Lektion 1 bekannt (vgl. 1.10). Da sie wie Adjektive verwendet werden, treten sie ausschließlich in Verbindung mit einem Substantiv auf. Die Formen des Possessivbegleiters können jedoch auch ohne Substantiv als Possessivpronomina verwendet werden.

Vorrei fare un podcast per **il mio blog**. *Ich würde gerne einen Podcast für meinen Blog machen.*	Possessivbegleiter
Il tuo non mi piace perché non ci sono podcast. *Deiner gefällt mir nicht, da er keine Podcasts hat.*	Possessivpronomen

8.2.1 Le forme Die Formen

Die Formen des Possessivpronomens entsprechen denen des Possessivbegleiters:

Singular				Plural			
Maskulinum		**Femininum**		**Maskulinum**		**Femininum**	
il	mio	la	mia	i	miei	le	mie
	tuo		tua		tuoi		tue
	suo		sua		suoi		sue
	nostro		nostra		nostri		nostre
	vostro		vostra		vostri		vostre
	loro		loro		loro		loro

8.2.2 L'uso Der Gebrauch

Selbstverständlich müssen auch Possessivpronomina sowie ihr vorausgehender Artikel mit dem Substantiv, auf das sie sich beziehen, übereinstimmen (z. B.: il blog → il mio).

Manche Possessivpronomina können auch ganz ohne ein Bezugswort vorkommen, vor allem: *i miei* (die Meinen, meine Leute; im Sinne von Familie). Entsprechend auch: *i tuoi, i suoi, i nostri, i vostri* und *i loro*.

- È **tua** questa penna? – Sì, è **mia**.
- *Ist das dein Stift?/Gehört der Stift dir? – Ja, es ist meiner/er gehört mir.*

- E anche questi libri sono di tua sorella? – Sì, sono **suoi**.
- *Und gehören auch diese Bücher deiner Schwester? – Ja, es sind ihre/sie gehören ihr.*

"Natale con i **tuoi**, Pasqua con chi vuoi."
Weihnachten mit den Deinen/deinen Leuten, Ostern mit wem du willst.

Essere + Possessivpronomen bedeutet „gehören" und steht ganz ohne Artikel.

8.3 Il passato prossimo con i pronomi atoni diretti Die Angleichung des Partizip Perfekt an das unbetonte direkte Objektpronomen

Wie aus Lektion 5 bekannt, wird beim *passato prossimo* mit *essere* das *participio passato* an das Subjekt **angeglichen** (Siamo venut**i** a Roma. *Wir sind nach Rom gekommen.*), während es beim *passato prossimo* mit *avere* **unverändert** bleibt (Abbiamo conosciut**o** molti italiani. *Wir haben viele Italiener kennengelernt.*)

In einem speziellen Fall jedoch wird auch bei den mit *avere* gebildeten, zusammengesetzten Zeiten wie dem *passato prossimo* die Endung des *participio passato* angeglichen, und zwar dann, wenn der konjugierten Verbform ein unbetontes **direktes** Objektpronomen vorausgeht. Dabei wird im Singular der Vokal des Pronomens durch einen Apostroph ersetzt.
Questa parola, non l'ho mai sentita. Aber: Queste parole, non le ho mai sentite.

Nemore: Non ho ancora trovato la **cosa** giusta per me.
Nemore: Ich habe noch nicht das Richtige für mich gefunden.

Ben: Non **l'**abbiamo trovat**a** neanche io e Hannah.
Ben: Auch ich und Hannah haben es noch nicht gefunden.

Nemore: Ci sono **tante associazioni** a Roma. **Le** ho vist**e** su Internet. **Quei siti**, **li** abbiamo lett**i** tutti e due.
Nemore: Es gibt viele Vereine in Rom. Ich habe sie im Internet gesehen. Wir beide haben diese Seiten durchgelesen.

Occhio!
Die Angleichung gilt auch bei der *particella ne*:
- Hai comprato delle banane?
- Sì, ne ho comprate quattro.
- Hai comprato degli spinaci?
- Sì, ne ho comprati due chili.

Nota bene
Die Angleichung erfolgt nicht an das **indirekte** Objektpronomen:

Indirektes Objektpronomen	Direktes Objektpronomen
Devo ancora parlare con mia madre. Non **le** ho ancora chiest**o** se posso uscire stasera. *Ich muss noch mit meiner Mutter sprechen. Ich habe sie noch nicht gefragt, ob ich heute Abend ausgehen darf.*	– E le tue amiche? – **Le** ho chiamat**e** e mi hanno detto che possono uscire. *– Und deine Freundinnen? – Ich habe sie angerufen, und sie haben mir gesagt, dass sie ausgehen dürfen.*

Autocontrollo 8

1 Completa le risposte con i pronomi doppi.

1. – Me la concedi un'intervista? – ■ concedo volentieri.
2. – Lo chiediamo anche a Carlo? – ■ chiediamo stasera.
3. – Hai mandato il podcast a Hannah? – Sì, ■ ho mandato.
4. – Hannah vi ha dato le informazioni? – Sì, ■ ha date.
5. – La mamma compra un nuovo smartphone a Nemore? – Non, non ■ compra.
6. – Mi puoi dare una mano a fare i compiti? – Sì, ■ posso dare.

2 Scegli la risposta grammaticalmente corretta.

1. Hai trovato la cosa giusta per te? a. Sì, l'ho trovato. b. Sì, le ho trovata. c. Sì, l'ho trovata.	2. Hai visitato i siti? a. No, non le ho ancora visitate. b. No, non li ho ancora visitati. c. No, non l'ho ancora visitato.
3. Hai visto le liste di associazioni? a. Sì, le ho viste. b. Sì, li ho visti. c. Sì, l'ho vista.	4. Hai scritto il testo informativo? a. No, non l'ho ancora scritto. b. No, non l'ho ancora scritta. c. No, non l'ho ancora scritti.
5. Avete aiutato Hannah? a. Sì, l'abbiamo aiutata. b. Sì, lo abbiamo aiutato. c. Sì, li abbiamo aiutato.	6. Hai spiegato l'importanza del volontariato a Nemore? a. Sì, gliene ho spiegato. b. Sì, gliel'ho spiegata. c. Sì, gliela ho spiegato.

3 Riscrivi le frasi con i pronomi combinati.

1. Ornella spiega l'idea a Nemore.
2. Nemore: "Chi ti ha consigliato questa associazione?"
3. Ornella ci ha dato le informazioni che ci servono.
4. Nemore ha mandato il testo informativo all'associazione.
5. Nemore mostra il testo a Ornella.
6. Posso chiedere a Ben se vuole venire con noi stasera.

4 Traduci.

1. Das ist dein Stift. Ich gebe ihn dir.
2. Die Hausaufgaben sind schwierig. Nemore erklärt sie uns.
3. Ihre Geschichte ist interessant. Die Lehrerin erzählt sie ihm.
4. Der Pulli ist schön. Wir kaufen ihn dir.
5. Das ist mein Text. Ich kann ihn dir zeigen.
6. – Kannst du uns dein Mathebuch geben? – Nein, ich kann es euch nicht geben. Ich habe es verloren.

Lezione 9

9.1 L'imperfetto Das *imperfetto*

Bisher kennen wir nur das *passato prossimo*, um über Vergangenes zu berichten. Ein weiteres Tempus der Vergangenheit ist das *imperfetto*, dessen Gebrauch jedoch klar von demjenigen des *passato prossimo* abgegrenzt werden muss.

9.1.1 La formazione dell'imperfetto Die Bildung des *imperfetto*

andare	prendere	offrire	preferire	
and**avo**	prend**evo**	offr**ivo**	prefer**ivo**	Das imperfetto wird aus dem Wortstamm und den Endungen a/e/**ivo**, a/e/**ivi**, a/e/**iva**, a/e/**ivamo**, a/e/**ivate**, a/e/**ivano** gebildet.
and**avi**	prend**evi**	offr**ivi**	prefer**ivi**	
and**ava**	prend**eva**	offr**iva**	prefer**iva**	
and**avamo**	prend**evamo**	offr**ivamo**	prefer**ivamo**	
and**avate**	prend**evate**	offr**ivate**	prefer**ivate**	
and**avano**	prend**evano**	offr**ivano**	prefer**ivano**	

Nota bene

Die Betonung liegt in der 3. Person Plural immer auf der drittletzten, sonst auf der vorletzten Silbe.

Sonderformen:

essere	**ero**, **eri**, **era**, era**vamo**, era**vate**, **erano**
fare	fac**evo**, fac**evi**, fac**eva**, fac**evamo**, fac**evate**, fac**evano**
dire	dic**evo**, dic**evi**, dic**eva**, dic**evamo**, dic**evate**, dic**evano**
bere	bev**evo**, bev**evi**, bev**eva**, bev**evamo**, bev**evate**, bev**evano**
produrre	produc**evo**, produc**evi**, produc**eva**, produc**evamo**, produc**evate**, produc**evano**
porre	pon**evo**, pon**evi**, pon**eva**, pon**evamo**, pon**evate**, pon**evano**
trarre	tra**evo**, tra**evi**, tra**eva**, tra**evamo**, tra**evate**, tra**evano**

Viele dieser Imperfektformen lassen sich leicht aus dem Lateinischen ableiten.
Vgl. hierzu beispielsweise die Formen der 3. Pers. Sing.:
dicebat: diceva; *producebat*: produceva; *ponebat*: poneva

9.1.2 La differenza tra l'imperfetto e il passato prossimo Der Unterschied zwischen *imperfetto* und *passato prossimo*

Wie bereits erwähnt, können *imperfetto* und *passato prossimo* nicht austauschbar verwendet werden. Beide geben jeweils **unterschiedliche Aspekte** in der Vergangenheit wieder.
Das *imperfetto* und das *passato prossimo* sind daher nicht mit dem deutschen Präteritum und Perfekt gleichzusetzen!

imperfetto	Das **imperfetto** drückt aus: • Zustände, (Situations-)Beschreibungen, Hintergrundinformationen • Erklärungen, Kommentare • sich wiederholende Handlungen • Handlungen in der Vergangenheit, die als nicht abgeschlossen betrachtet werden	Fragen: Wie war etwas? Wie lässt es sich erklären? Was geschah regelmäßig? Signalwörter: spesso, ogni giorno/mattina/sera, la mattina/sera, normalmente, di solito, ogni volta, …
passato prossimo	Das **passato prossimo** drückt aus: • vordergründig wahrnehmbare, konkrete Ereignisse und Ereignisketten • (meist einmalige) Handlungen in der Vergangenheit, die als abgeschlossen betrachtet werden	Fragen: Was ist passiert? Und dann? Was lässt sich zusammenfassend sagen? Signalwörter: prima, poi, dopo, alla fine, improvvisamente, una volta, …

Nota bene

Folgende Verben erfahren je nach Tempus einen **Bedeutungswechsel**:

imperfetto	passato prossimo
Hannah **aveva fame e sete.** *Hannah hatte Hunger und Durst.*	Ben **ha avuto fame e sete.** *Ben bekam Hunger und Durst.*
Hannah non **sapeva** che suo fratello non stava bene. *Hannah wusste nicht, dass es ihrem Bruder nicht gut ging.*	Poi **ha saputo** che non stava bene. *Dann erfuhr sie, dass es ihm nicht gut ging.*
Ben non **conosceva** il ristorante. *Ben kannte das Restaurant nicht.*	Poi l'**ha conosciuto.** *Dann hat er es kennengelernt.*
Dal balcone si **vedeva** il ristorante. *Vom Balkon aus sah man das Restaurant.*	Ben l'**ha visto.** *Ben hat es erblickt.*

9.1.3 L'imperfetto e il passato prossimo dopo mentre e quando Das *imperfetto* und das *passato prossimo* nach *mentre* und *quando*

Mentre dormivo, Ben guardava la TV. *Als ich schlief, hat Ben ferngesehen.*	**mentre + imperfetto + imperfetto** = zwei parallel verlaufende Handlungen
Mentre dormivo, Ben è tornato a casa. *Während ich schlief, kam Ben nach Hause.*	**mentre + imperfetto + passato prossimo** = Zustand + Ereignis
Quando Hannah era piccola … *Als Hannah klein war, …*	**quando** = als → imperfetto
Quando guardava un film … *Als/Immer wenn sie einen Film sah, …*	**quando** = immer wenn → imperfetto
Quando è arrivata a Roma … *Als sie in Rom angekommen ist, …*	**quando** = als + Ereignis → passato prossimo

9.1.4 L'imperfetto ⟷ il passato prossimo

Simone: Mamma, mentre **ero** in soffitta e **cercavo** la macchina fotografica del nonno, **ho trovato** delle foto. Guarda qui! Ma chi è questa bella ragazza? Quando **ho visto** la foto, **ho pensato** subito a te!	Situationsbeschreibung/Zustand + konkretes Ereignis konkretes Ereignis
Marta: Grazie del complimento, tesoro. No, non sono io, è mia madre, tua nonna Vittoria quando **aveva** più o meno trent'anni. Allora io **avevo** quattro o cinque anni, non **andavo** ancora a scuola. **Abitavamo** in campagna e **trascorrevo** molto tempo con i miei fratelli fuori: quando c'**era** il sole, quando **pioveva** … per noi **era** sempre lo stesso. Sai, in casa non **avevamo** molte cose come avete voi oggi. […]	Zustand, Zustand Hintergrundinformation Situationsbeschreibung Situationsbeschreibung (z. B. Wetter)
Simone: Ma che cosa sta facendo qui la nonna? Marta: Qui è in cucina, come sempre. Mia madre **ha passato** quasi tutta la sua vita in cucina …	Handlung in der Vergangenheit, die als abgeschlossen betrachtet wird
Marta: […] Sai, quando io e i miei fratelli **eravamo** bambini, **si mangiava** sempre tre volte al giorno: colazione, pranzo e cena. La mattina **ci svegliavamo** presto, anche il fine settimana, mia madre prima **metteva** in ordine la casa, **rifaceva** i letti e poi **andava** in cucina e **faceva** il pane, la nostra cucina **profumava** sempre di pane appena sfornato! E mentre **faceva** il pane, **preparava** anche la pasta! Simone: Come quella che **hai fatto** tu qualche giorno fa? Marta: Sì, è vero. Ma io non la faccio così spesso come mia madre. Oggi la vita è molto più frenetica e spesso manca il tempo.	Zustand, Erklärung sich wiederholende Handlungen Hintergrundinformation zwei parallel verlaufende Handlungen konkretes Ereignis
Simone: Mamma, com'**era** nonna Vittoria? Marta: Tua nonna **era** una donna molto bella e attiva. Non ricordo mai di averla vista seduta, **faceva** sempre qualcosa. **Aveva** dei bellissimi capelli lunghi e neri. Inoltre **era** abbronzata perché **lavorava** spesso nei campi e **passava** tante ore al giorno fuori. Simone: Se non **stava** in cucina …	Erklärung, Zustand, Beschreibung (z. B. Aussehen, Charakter)

9.2 Il comparativo e il superlativo Der Komparativ und der Superlativ

Im Italienischen gibt es drei Möglichkeiten, ein Adjektiv zu steigern, wie die folgende Übersicht zeigt:

Komparativ (il comparativo)	**relativer Superlativ** (il superlativo relativo)	**absoluter Superlativ** (il superlativo assoluto)
Vergleich zweier Personen-(gruppen) oder Dinge bzw. Gegebenheiten	besondere Hervorhebung einer Person(engruppe) oder Sache im Vergleich zu anderen	Angabe des sehr hohen Grades einer Eigenschaft, allerdings ohne Vergleich (assoluto → lat. absolutum = losgelöst); vgl. Lektion 5

9.2.1 Il comparativo Der Komparativ

Der Komparativ wird gebildet, indem man *più* oder *meno* **vor** das Adjektiv stellt.
Der zweite Teil des Vergleichs wird mit *di* oder *che* (= als, wie) angeschlossen.
Zum Ausdruck der Gleichheit verwendet man *così … come* oder *tanto … quanto.*

Marta, anche quando eri **più giovane**, ascoltavi volentieri la musica?
Marta, hast du auch gerne Musik gehört, als du jünger warst?

C'erano i testi che, per noi giovani di allora, non erano **meno importanti della** musica.
Es gab Songtexte, die für uns Jugendliche von damals nicht weniger wichtig waren als die Musik.

I cantautori italiani erano (**così**) **amati come** i Rolling Stones o i Beatles.
Die italienischen Liedermacher waren genauso beliebt wie die Rolling Stones oder die Beatles.

Nota bene

Marta è piu vecchia **di Hannah**. *Marta ist älter als Hannah.* Hannah è piu giovane **della musica** di Lucio Dalla. *Hannah ist jünger als die Musik von Lucio Dalla.* La musica di Fabrizio De André è più bella **di quella** di Lucio Battisti. *Die Musik von Fabrizio De André ist schöner als die von Lucio Battisti.* Ha cantato più **di 100** canzoni. *Er hat mehr als 100 Lieder gesungen.*	**di** steht vor: • einem Substantiv • einem Pronomen • einigen wenigen Adverbien
È più bello cantare con amici **che guardare** un film da soli. *Es ist schöner mit Freunden zu singen, als alleine einen Film anzuschauen.* Meglio oggi **che mai**. *Besser heute als morgen.* Questa canzone è più politica **che bella**. *Dieses Lied ist eher (wörtl. mehr) politisch als schön.* Ci sono più cantautori a Roma **che a** Torino. *Es gibt mehr Liedermacher in Rom als in Turin.*	**che** steht vor: • einem Verb • einem Adverb • einem Adjektiv • einer Präposition

Werden zwei Wörter einer Wortart verglichen, steht immer *che*.
Nella classe di Hannah ci sono più ragazzi che ragazze a cui piacciono i cantautori italiani.
In Hannahs Klasse sind mehr Jungen als Mädchen, die die italienischen Liedermacher mögen.

9.2.2 Il superlativo relativo Der relative Superlativ

Der relative Superlativ wird mit dem Komparativ und dem bestimmten Artikel gebildet. Es gibt zwei mögliche Wortfolgen.

best. Art. + Subst. + più/meno + Adj.	best. Art. + più/meno + Adj.
La musica più ascoltata era quella dei Rolling Stones. *Die am meisten gehörte Musik war die der Rolling Stones.*	**Il** concerto **più importante** di tutti era quello al Parco Ferrari di Modena. *Das wichtigste Konzert von allen war das im Parco Ferrari von Modena.*

Nota bene
Im Italienischen wird der Artikel des Substantivs **nicht** (wie im Französischen) **vor** *più/meno* wiederholt.
La musica classica è **la musica più bella**.
La musique classique est **la musique la plus jolie**.
Die klassische Musik ist die schönste Musik.

9.2.3 La comparazione di *buono, cattivo, grande* e *piccolo* Die Steigerung von *buono, cattivo, grande* und *piccolo*

Die Adjektive *grande, piccolo, buono* und *cattivo* haben regelmäßige und unregelmäßige Komparativ- und Superlativformen mit unterschiedlicher Bedeutung.

	Komparativ	relativer Superlativ	absoluter Superlativ
buono *gut*	più buono/migliore	il più buono/il migliore	buonissimo/ottimo
cattivo *schlecht, böse*	più cattivo/peggiore	il più cattivo/il peggiore	cattivissimo/pessimo
grande *groß*	più grande/maggiore	il più grande/il maggiore	grandissimo/massimo
piccolo *klein*	più piccolo/minore	il più piccolo/il minore	piccolissimo/minimo

buono: Die regelmäßige Form ist eher die Ausnahme und beschränkt sich auf zwei Fälle:
- in Bezug auf den Charakter („gutherzig, freundlich, hilfsbereit")
- in der Bedeutung „besser schmecken"

cattivo: regelmäßige Steigerung: „böser, bösartiger"

unregelmäßige Steigerung: „schlimmer, schlechter" (Im Allgemeinen bezieht sich *peggiore* auf den Charakter.)

grande, piccolo: **regelmäßige** Steigerung: Grundbedeutung „größer, kleiner"

unregelmäßige Steigerung: übertragene Bedeutungen

Lorenzo è **il calciatore migliore della** nostra squadra. Io sono **peggiore di** lui. Anzi sono **il peggiore di tutti**. *Lorenzo ist der beste Fußballspieler unserer Mannschaft. Ich bin schlechter als er. Eigentlich bin ich der schlechteste von allen.*

Il tuo tramezzino è **più buono del** mio. *Dein Sandwich ist besser als meines.*

Mia zia è **buonissima**. *Meine Tante ist herzensgut.*

Ha una **pessima** reputazione. *Er hat einen sehr schlechten Ruf.*

La nostra scuola è **più grande della** tua. *Unsere Schule ist größer als deine.*

Alla mia sorella **minore** piace il basket. È bravissima, anzi è la più brava di tutte anche perché è una delle ragazze più alte della squadra. Nessuna mi sembra più adatta di lei a partecipare alle partite più importanti. Diventerà (così) famosa come Ekaterina Lisina, anche se non è proprio tanto alta quanto lei. Al mio fratello **maggiore** invece piace il calcio.
Meine jüngere Schwester mag Basketball. Sie ist sehr gut/tüchtig, ja sie ist sogar die beste/tüchtigste von allen, auch weil sie eines der größten Mädchen ihrer Mannschaft ist. Keine scheint mir geeigneter, an den wichtigsten Spielen teilzunehmen. Sie wird so berühmt wie Ekaterina Lisina sein, auch wenn sie nicht genauso groß ist wie sie. Meinem älteren Bruder gefällt hingegen Fußball.

Nota bene
Wird ein auf -iore gesteigertes Adjektiv seinem Substantiv vorangestellt, so wird das auslautende -e meist weggelassen, z. B.: il miglior cantautore

Occhio!
„Schlecht" im Sinne von „schlecht gemacht" wird mit **brutto** übersetzt.

9.3 La posizione dell'aggettivo Die Stellung des Adjektivs

Im Italienischen können viele Adjektive sowohl vor als auch nach dem Substantiv, auf das sie sich beziehen, stehen. Teilweise ändert sich durch den Positionswechsel auch ihre Bedeutung.

9.3.1 Gli aggettivi preposti Die vorangestellten Adjektive

Die folgenden Adjektive können nur dem Substantiv vorangestellt gebraucht werden:

Adjektive, die eine **unbestimmte Menge** angeben (aggettivi indefiniti)	**besitzanzeigende** Adjektive (aggettivi possessivi)	**Demonstrativ-begleiter** (aggettivi dimostrativi)	**Grund**- und **Ordnungszahlen** (numeri cardinali e numeri ordinali)
Mentre cerca in internet **alcune** informazioni	sulle preferenze musicali dei giovani del**la sua** generazione,	Hannah trova **questo** articolo	con **20** esempi sul **primo** sito.
*Während sie im Internet **einige** Informationen*	*über die musikalischen Vorlieben der Jugendlichen **ihrer** Generation sucht,*	*findet Hannah **diesen** Artikel*	*mit **20** Beispielen auf der **ersten** Seite.*

9.3.2 Gli aggettivi posposti Die nachgestellten Adjektive

Die folgenden Adjektive werden immer dem Substantiv nachgestellt:

erweiterte bzw. näher bestimmte Adjektive sowie Verkleinerungsformen (Diminutive)	È una canzone **molto/proprio/veramente triste,** ma allo stesso tempo è anche una canzone **carina**. *Es ist ein sehr/besonders/wirklich trauriges Lied, aber es ist auch ein hübsches Lied.*
geographische, soziale, politische oder religiöse Zugehörigkeit	Jovanotti è un cantautore **italiano**. Siccome è nato a Roma è anche un cantautore **laziale**. *Jovanotti ist ein italienischer Liedermacher. Da er in Rom geboren ist, ist er auch ein Liedermacher Latiums.* Il capo della chiesa **cattolica** ama la musica **classica**. *Das Oberhaupt der katholischen Kirche liebt klassische Musik.*
Farbadjektive	Hannah scarica musica sul suo smartphone **rosso**. *Hannah lädt Musik auf ihr rotes Smartphone.*
von Substantiven abgeleitete und erweiterte Adjektive bzw. Partizipien	La musica è un'amica **silenziosa** e molto **importante** per i giovani. *Die Musik ist eine stille und für junge Leute sehr wichtige Freundin.*

9.3.3 Gli aggettivi pre- e posposti Die voran- und nachgestellten Adjektive

Viele Adjektive können im Italienischen dem Substantiv sowohl voran- als auch nachgestellt werden. Nicht wenige davon verändern jedoch je nach Stellung ihren Sinn, wobei dieser im Deutschen – zumindest hinsichtlich des Wortlautes – nicht immer ohne Weiteres erkennbar ist. Hier erweist sich das Italienische also als nuancenreicher.

vorangestellte Adjektive	nachgestellte Adjektive
Vorangestellte Adjektive weisen eine eher **beschreibende Funktion** auf oder drücken eine Verwendung im **übertragenen Sinn** aus.	Nachgestellte Adjektive hingegen haben eine **bedeutungsunterscheidende Funktion** oder drücken den **konkreten Sinn** aus.
Hannah ascolta la **nuova** canzone di Emma Marrone. *Hannah hört sich das neue Lied von Emma Marrone an.* (Das Lied wird lediglich beschrieben, aber nicht mit anderen in Beziehung gesetzt.)	Hannah ascolta la canzone **nuova** di Emma Marrone (perché le altre non le piacciono). *Hannah hört sich das neue Lied von Emma Marrone an (, weil ihr die anderen nicht gefallen).* (Es gibt mehrere Lieder, von denen sich Hannah das neue zum Anhören aussucht.)
Il **povero** cantautore non vende molti CD. *Der arme (= bedauernswerte) Liedermacher verkauft nicht viele CDs.*	Siccome non vende molti CD, è un cantautore **povero**. *Da er nicht viele CDs verkauft, ist er ein armer Liedermacher. (= Er hat nicht viel Geld!)*

Nota bene

Folgende Adjektive weisen je nach ihrer Stellung eine ganz andere Bedeutung auf:

	vorangestellte Adjektive	**nachgestellte Adjektive**
bravo, -a	un bravo ragazzo *ein anständiger Junge*	un ragazzo bravo *ein tüchtiger Junge*
buono, -a	un buon cantautore *ein guter Liedermacher*	un cantautore buono *ein herzensguter Liedermacher*
caro, -a	una cara amica *eine liebenswerte Freundin*	un biglietto caro *eine teure Eintrittskarte*
certo, -a	una certa idea *eine gewisse Idee*	una prova certa *ein sicherer Beweis*
curioso, -a	un curioso amico *ein seltsamer Freund*	un amico curioso *ein neugieriger Freund*
diverso, -a	diverse canzoni *mehrere Lieder*	canzoni diverse *unterschiedliche Lieder*
grande	una grande ragazza *ein tolles/vortreffliches Mädchen*	una ragazza grande *ein großes Mädchen*
proprio, -a	il proprio nome *der eigene Name*	il nome proprio *der Eigenname*
semplice	una semplice domanda *nur eine Frage*	una domanda semplice *eine einfache Frage*
vecchio, -a	una vecchia amica *eine langjährige Freundin*	un'amica vecchia *eine alte/betagte Freundin*

Autocontrollo 9

1 Metti i seguenti verbi nella forma corrispondente dell'imperfetto.

1. essere (tu)
2. conoscere (lui, lei)
3. trovarsi (loro)
4. produrre (tu)
5. potere (noi)
6. preferire (noi)
7. dovere (voi)
8. avere (io)
9. andare (lui, lei)
10. dare (loro)

2 Imperfetto o passato prossimo?

Franziska racconta:
Quando ■ (io – essere) piccola, ■ (io – andare) sempre dai miei nonni. Mentre mia nonna ■ (cucinare), ■ (io – giocare) con mio nonno. Dopo pranzo e dopo aver fatto i compiti ■ (noi – uscire) e ■ (noi – stare) fuori. ■ (noi – andare) in bicicletta o ■ (noi – giocare) a calcio. I miei nonni ■ (loro – essere) molto attivi. Non ricordo mai di averli visti seduti, ■ (loro – fare) sempre qualcosa. Un giorno ■ (io – andare) a trovarli ma non ■ (loro – esserci) a casa. Mia madre mi ■ (dire) che ■ (loro – essere) in ospedale perché mio nonno non ■ (stare) bene. ■ (io – essere) molto preoccupata e così ■ (decidere) di andare a trovarlo in ospedale. Quando ■ (io – arrivare), mio nonno mi ■ (lui – dire): "Non ti preoccupare! Non mi manca niente!"

3 Confronti. Completa le seguenti frasi.

maggioranza (+) minoranza (–) uguaglianza (0) superlativo relativo o assoluto (++)

1. Eros Ramazzotti è (grande +) ■ Jovanotti.
2. In Germania Lucio Dalla è (famoso –) ■ Adriano Celentano.
3. Secondo Marta, cantautori come Lucio Dalla e Lucio Battisti erano (buono +) ■ tanti altri.
4. Vasco Rossi è (popolare ++) ■ cantante rock italiano.
5. I testi non erano (importante –) ■ musica.
6. I cantanti italiani sono (bravo ++) ■.
7. Ascoltare la musica classica è (rilassante +) ■ ascoltare la musica pop.
8. In Germania Luciano Pavarotti è (famoso 0) ■ Andrea Bocelli.
9. Per Flavia, la musica classica è (bella ++) ■.
10. In Germania Tiziano Ferro è (conosciuto +) ■ Biagio Antonacci.

4 Traduci.

1. Hannah ist ein tüchtiges Mädchen und eine liebenswerte Freundin.
2. Marta hört sich das neue Lied von Gianna Nannini an.
3. Anna Tatangelo ist eine italienische Sängerin.
4. Es ist ein besonders trauriges Lied.
5. Hannah hat ein rotes Smartphone.
6. Dieser Artikel ist interessant.
7. Sie ist eine langjährige Freundin meiner Mutter.
8. Sie ist ein anständiges Mädchen.

Lezione 10

10.1 Il congiuntivo presente Der *congiuntivo presente*

Der italienische *congiuntivo* darf nicht mit dem deutschen Konjunktiv gleichgesetzt werden. Er entspricht in seinem Gebrauch im Wesentlichen dem französischen *subjonctif*.
Der *congiuntivo*, der meist in mit *che* eingeleiteten Nebensätzen steht, drückt die Einstellung eines Sprechers zum Gesagten aus, z. B. Erwartungen, Hoffnungen, Unsicherheit, Zweifel etc. Daneben gibt es bestimmte Konjunktionen, die den *congiuntivo* auslösen.
Grundsätzlich entspricht der Gebrauch des *congiuntivo* einer gepflegten, korrekten und weithin verbreiteten Ausdrucksweise.

10.1.1 Le forme Die Formen

Der Kennvokal des *congiuntivo presente* ist das auslautende **-i** in der **a**-Konjugation und das **-a** in den beiden anderen Konjugationen. Die Singularformen sind bereits bekannt, da sie mit denen des Imperativs der Höflichkeit im Singular übereinstimmen, z. B. parli = *Sprechen Sie!* (vgl. Lektion 4).

parlare	**prendere**	**sentire**	**capire**
parl**i**	prend**a**	sent**a**	capisc**a**
parl**i**	prend**a**	sent**a**	capisc**a**
parl**i**	prend**a**	sent**a**	capisc**a**
parl**iamo**	prend**iamo**	sent**iamo**	cap**iamo**
parl**iate**	prend**iate**	sent**iate**	cap**iate**
parl**ino**	prend**ano**	sent**ano**	capisc**ano**

Alle Singularforen weisen dieselbe Endung auf und werden zusammen mit der 3. Person Plural auf der Grundlage der 1. Person Singular des Indikativs gebildet, z. B. parlare → 1. Person Sg. Ind.: parlo → *congiuntivo presente*: parli, parlino oder capire → 1. Person Sg. Ind.: capisco → *congiuntivo presente*: capisca, capiscano.

In der 1. Person Plural stimmen die Formen des *congiuntivo presente* mit denen des Indikativs überein (parliamo, vgl. parliamo = *wir sprechen, lasst uns sprechen*; prendiamo = *wir nehmen, lasst uns nehmen*). Von der 1. Pers. Pl. lässt sich die 2. Pers. Pl. (parliate, prendiate) leicht ableiten.

Mit diesen Gesetzmäßigkeiten lassen sich auch bei den folgenden Verben, die im Indikativ Präsens nicht regelmäßig sind, die Formen des *congiuntivo presente* ableiten.

	Indikativ	**Konjunktiv**			
Infinitiv	**1. P. Sg.**	**1./2./3. P. Sg.**	**1. P. Pl.**	**2. P. Pl.**	**3. P. Pl.**
andare	vado	vada	andiamo	andiate	vadano
bere	bevo	beva	beviamo	beviate	bevano
dire	dico	dica	diciamo	diciate	dicano
dovere	devo (debbo)	debba	dobbiamo	dobbiate	debbano
fare	faccio	faccia	facciamo	facciate	facciano

	Indikativ	Konjunktiv			
piacere	piaccio	piaccia	piacciamo	piacciate	piacciano
potere	posso	possa	possiamo	possiate	possano
raccogliere	raccolgo	raccolga	raccogliamo	raccogliate	raccolgano
rimanere	rimango	rimanga	rimaniamo	rimaniate	rimangano
salire	salgo	salga	saliamo	saliate	salgano
scegliere	scelgo	scelga	scegliamo	scegliate	scelgano
sedersi	mi siedo	si sieda	ci sediamo	vi sediate	si siedano
spegnere	spengo	spenga	spegniamo	spegniate	spengano
tenere	tengo	tenga	teniamo	teniate	tengano
uscire	esco	esca	usciamo	usciate	escano
venire	vengo	venga	veniamo	veniate	vengano
volere	voglio	voglia	vogliamo	vogliate	vogliano

Nota bene

Beachte folgende unregelmäßige Konjunktivformen, die sich nicht von der ersten Person Singular des Indikativ Präsens ableiten lassen:

	Konjunktiv			
Infinitiv	**1./2./3. P. Sg.**	**1. P. Pl.**	**2. P. Pl.**	**3. P. Pl.**
avere	abbia	abbiamo	abbiate	abbiano
essere	sia	siamo	siate	siano
dare	dia	diamo	diate	diano
stare	stia	stiamo	stiate	stiano
sapere	sappia	sappiamo	sappiate	sappiano

Nota bene

Da alle Singularformen gleich sind, ist es sinnvoll, beim *congiuntivo presente* immer das Personalpronomen zu verwenden, wenn kein anderes Subjekt vorhanden ist, damit der Bezug klar wird.

Mio padre ha sempre paura che io faccia un errore.
Mein Vater hat immer Angst, dass ich einen Fehler mache.

Die Verwendung von „io" verhindert ein Missverständnis, wonach z. B. der Vater Angst hat, dass er einen Fehler macht, da die Form „faccia" sich ja auch auf die dritte Person Singular beziehen könnte.

10.1.2 L'uso del *congiuntivo presente* Der Gebrauch des *congiuntivo presente*

Während der Indikativ dazu verwendet wird, ein Geschehen als eindeutig gegeben und wahr darzustellen, dient der *congiuntivo* zum Ausdruck persönlicher Einstellungen, z. B. Wünsche, Freude, Angst, Hoffnung. Nach bestimmten Auslösern steht er meist in einem Nebensatz, der mit der Konjunktion *che* eingeleitet wird.

Der *congiuntivo* steht nach **Verben**, die Folgendes ausdrücken:

Wunsch, Bitte Erwartung	**Gefühle**	**Zweifel**	**Meinung**

Des Weiteren steht er

nach **unpersönlichen Ausdrücken**, die eine **Notwendigkeit**, eine **Möglichkeit**, eine **Bewertung** oder eine **Unsicherheit** ausdrücken und	nach **bestimmten Konjunktionen**.

Beispiele:

1. Verben, die einen **Wunsch**, eine **Bitte** oder eine **Erwartung** ausdrücken.	
volere che … *wollen, dass …*	I miei genitori vogliono che io faccia uno stage. *Meine Eltern wollen, dass ich ein Praktikum mache.*
desiderare che … *wünschen, dass …*	Desiderano che io passi qualche mese in Germania. *Sie wünschen, dass ich einige Monate in Deutschland verbringe.*
augurarsi che … *sich wünschen, dass …*	Mi auguro che ti aiutino. *Ich wünsche mir, dass sie dir helfen.*
preferire che … *vorziehen, dass …*	I nonni: "Preferiamo che tu resti in Italia." *Die Großeltern: „Wir ziehen es vor, dass du in Italien bleibst."*
sperare che … *hoffen, dass …*	Comunque speriamo che tutto vada bene. *Wir hoffen jedenfalls, dass alles gut geht.*

2. Verben, die **Gefühle** ausdrücken.	
avere paura che … *Angst haben, dass …*	Forse i nonni hanno paura che io mi senta troppo sola all'estero. *Vielleicht haben meine Großeltern Angst, dass ich mich im Ausland zu einsam fühle.*
essere triste che … *traurig darüber sein, dass …*	Sono tristi che io vada a vivere in un altro paese per tanto tempo. *Sie sind traurig darüber, dass ich so lange in einem anderen Land leben werde.*
essere contento che … *froh darüber sein, dass …*	Siamo contenti che i tuoi genitori vogliano aiutarti a realizzare il tuo sogno. *Wir sind froh darüber, dass deine Eltern dir dabei helfen wollen, deinen Traum zu verwirklichen.*

3. Verben, die einen **Zweifel** ausdrücken. (vgl. 13.1)	
non essere sicuri che … *nicht sicher sein, dass …*	Ma alcuni dei miei amici non sono sicuri che io prenda la decisione giusta. *Aber einige meiner Freunde sind nicht sicher, dass ich die richtige Entscheidung treffe.*
dubitare che … *daran zweifeln, dass …*	Dubitano che si possa vivere bene all'estero. *Sie bezweifeln es, dass man im Ausland gut leben kann.*

4. Verben der **Meinungsäußerung**	
pensare che … *glauben/meinen, dass …*	Penso che voi dobbiate fare uno stage all'estero. *Ich glaube, dass ihr ein Praktikum im Ausland machen solltet/müsst.*
credere che … *glauben, dass …*	Credo che l'Inghilterra sia la scelta giusta per me. *Ich glaube, dass England für mich die richtige Wahl ist.*

Occhio!

Beachte den Unterschied:
Dico che uno stage **è** sempre utile.
Ich sage, dass ein Praktikum immer nützlich ist.
Aber: **Non dico** che uno stage **sia** inutile.
Ich sage ja gar nicht, dass ein Praktikum unnötig ist.

5. **Unpersönliche Ausdrücke**, die eine subjektive Einstellung zum darauf folgenden Sachverhalt erkennen lassen, d. h. die in der Regel eine **Notwendigkeit**, eine **Meinung** oder eine **Möglichkeit** zum Ausdruck bringen.	
Basta che …	Es reicht, dass …
Mi dispiace che …	Es tut mir leid, dass …
(È un) peccato che …	(Es ist) schade, dass …
Mi/Ti/… piace/fa piacere che …	Es freut mich/dich/…, dass …
È bello che …	Es ist schön, dass …
È meglio che …	Es ist besser, wenn …
È ora che …	Es ist an der Zeit, dass …
È importante che …	Es ist wichtig, dass …
È necessario che …	Es ist notwendig, dass …
Bisogna che …	Es muss sein/ist nötig, dass …
È ovvio/naturale che …	Es ist offensichtlich/natürlich, dass …
È possibile che …	Es ist möglich, dass …
Può darsi che …	Es kann sein, dass …
È probabile che …	Es ist wahrscheinlich, dass …
È facile che …	Es ist leicht möglich, dass …
È difficile che …	Es ist kaum möglich, dass …
È inevitabile che …	Es ist unvermeidbar, dass …
Sembra che …	Es scheint, dass …
È (im)possibile che …	Es ist (un)möglich, dass …

Nota bene

Nach unpersönlichen Ausdrucken, die eine Sicherheit oder Gewissheit ausdrücken, steht der Indikativ (z. B.: È vero/sicuro che uno stage è utile. *Es stimmt/ist sicher, dass ein Praktikum nützlich ist.*). Sind diese Ausdrücke verneint, drücken sie keine Sicherheit bzw. Gewissheit mehr aus, und es steht folglich wieder der *congiuntivo* (z. B.: Non è vero/sicuro che uno stage sia utile. *Es stimmt nicht/ist nicht sicher, dass ein Praktikum nützlich ist.*).

6. **Bestimmte unterordnende Konjunktionen**		
benché, sebbene, nonostante	*obwohl*	konzessiver Sinn
affinché, perché	*damit*	finaler Sinn

Sebbene/Benché Paolo non **faccia** quello che i suoi genitori si aspettano, sa che loro gli daranno sempre una mano.
Obwohl Paolo nicht das macht, was sich seine Eltern erwarten, weiß er, dass sie ihm immer helfen werden.

7. **Nach dem *superlativo relativo***
Per molti fare l'attore è **il** lavoro **più bello** che si **possa** fare. *Für viele ist der Schauspielberuf die schönste Arbeit, die man machen kann.* Sei **più bello** di quanto uno **possa** immaginare! *Du bist schöner als man es sich vorstellen kann.*

10.1.3 Le frasi implicite all'infinito Nebensätze mit Infinitivkonstruktion

Die deutschen Konstruktionen "zu + Infinitiv", "um … zu + Infinitiv" und "ohne … zu + Infinitiv" werden im Italienischen durch eine Präposition + Infinitiv wiedergegeben.

Präposition + Verb im Infinitiv	
Non ho voglia **di rimanere** in Italia.	… in Italien **zu bleiben**.
Non abbiamo nulla **da perdere**.	… nichts **zu verlieren**.
Non vorrei rimanere precario a vita solo **per rimanere** in Italia.	… **um** in Italien **zu bleiben**.
Come si fa **ad andare** via di casa se non si ha un lavoro?	… **wegzugehen** …
I politici italiani definiscono noi giovani "mammoni" **senza cercare** una soluzione ai nostri problemi.	… **ohne** eine Lösung für unsere Probleme **zu suchen**.

10.1.4 L'infinito invece del congiuntivo Der Infinitiv statt des *congiuntivo*

Anstelle eines Nebensatzes mit einleitender Konjunktion und *congiuntivo* wird gewöhnlich eine Infinitivkonstruktion mit *di* verwendet, wenn Haupt- und Nebensatz das gleiche Subjekt haben.

di + Verb im Infinitiv	Nebensatz mit Konjunktion + *congiuntivo*
Ho paura **di sentirmi** tutta sola.	Ho paura **che** io mi **senta** tutta sola.
E prima **di avere** un contratto fisso, ti danno un contratto a termine dopo l'altro.	**Prima che** tu **abbia** un contratto fisso, ti danno un contratto a termine dopo l'altro.
Dubito **di farcela**.	Dubito **che** io ce la **faccia**.

Die Infinitivkonstruktionen sind nicht nur leichter zu bilden, sondern lassen zudem den Satz stilistisch schlanker und eleganter erscheinen.

Occhio!

Sono contento che **io** abbia trovato un lavoro. → Sono contento **di aver** trovato un lavoro.
Ich *bin zufrieden, dass* ***ich*** *eine Arbeit gefunden habe.*
gleiches Subjekt im Haupt- und Nebensatz

Aber:
Sono contento che **lui** abbia trovato un lavoro. ***Ich*** *bin zufrieden, dass* ***er*** *eine Arbeit gefunden hat.*
unterschiedliches Subjekt im Haupt- und Nebensatz → Infinitivkonstruktion **nicht** möglich!

Nota bene

Dopo **essere arrivato**, si è riposato.	**Dopo che è arrivato,** si è riposato.
I politici ci definiscono "mammoni" **senza cercare** una soluzione ai nostri problemi.	I politici ci definiscono "mammoni" **senza che cerchino** una soluzione ai nostri problemi.

Eine Infinitivkonstruktion kann auch Nebensätze mit *dopo che* (nachdem) und *senza che* + *congiuntivo* (ohne dass) ersetzen (vgl. 13.1), allerdings nur, wenn im Nebensatz und im übergeordneten Satz dasselbe Subjekt vorliegt.

Occhio!

Dubito di **farcela**.	Dubito che io ce la **faccia**.
Dubito di **aver fatto** la scelta giusta.	Dubito che io **abbia fatto** la scelta giusta.
Siete contenti di **essere arrivati** in tempo.	Siete contenti che **siate arrivati** in tempo.

Der *congiuntivo passato* kann durch die Infinitivkonstruktion *aver/e* bzw. *essere + participio passato*" (= *frase implicita*) ersetzt werden.

10.1.5 Il congiuntivo nelle frasi principali Der *congiuntivo* in Hauptsätzen

Der *congiuntivo* kann auch gelegentlich in Hauptsätzen verwendet werden und drückt dabei einen Wunsch oder eine Aufforderung aus. So lässt es sich auch erklären, dass der *congiuntivo* mit den Formen des Imperativs der Höflichkeit übereinstimmt.

Im Hauptsatz kommt er vor allem in folgenden festgefügten Wendungen vor:
Scusi! *Entschuldigen Sie!*
Viva l'Italia! *Es lebe Italien!*
Si **salvi** chi può! *Es rette sich, wer kann!*

10.2 Il congiuntivo passato Der *congiuntivo passato*

Der *congiuntivo passato* wird gebraucht, um die **Vorzeitigkeit** gegenüber einer Handlung in der Gegenwart auszudrücken. Bezüglich der Verwendung des Konjunktivs gelten dieselben Regeln wie für den *congiuntivo presente* (vgl. 10.1.2).
Wenn es sich im Nebensatz um einen abgeschlossenen Vorgang in der Vergangenheit handelt, kann nach den entsprechenen *congiuntivo*-Auslösern auch der *congiuntivo passato* stehen.

Für die Bildung des *congiuntivo passato* und die Angleichung des *participio passato* gelten dieselben Regeln wie für das *passato prossimo* (vgl. 5.11 und 8.3), wobei für *avere* und *essere* die entsprechenden *congiuntivo*-Formen gewählt werden.

Pensa che …

pagare	partire	svegliarsi
abbia pagato	sia partito/a	mi sia svegliato/a
abbia pagato	sia partito/a	ti sia svegliato/a
abbia pagato	sia partito/a	si sia svegliato/a
abbiamo pagato	siamo partiti/e	ci siamo svegliati/e
abbiate pagato	siate partiti/e	vi siate svegliati/e
abbiano pagato	siano partiti/e	si siano svegliati/e

Credo che lo stage ti **sia piaciuto**. *Ich glaube, das Praktikum hat dir gefallen.*

Siamo contenti che **abbiano preso** la decisione giusta.
Wir sind glücklich, dass sie die richtige Entscheidung getroffen haben.

Spero che vi **siate divertiti**. *Ich hoffe, dass ihr Spaß hattet.*

10.3 Il pronome relativo *chi* Das Relativpronomen *chi*

Chi kann nicht nur als Fragepronomen (vgl. 3.1) verwendet werden, sondern wird auch als **verallgemeinerndes** Relativpronomen, das sich auf **Personen** bezieht, gebraucht. Im Unterschied zu den bisher bekannten Relativpronomina hat es kein Bezugswort im übergeordneten Satz, d.h. *chi* (mit Sing.) = *quelli che* (mit Pl.).

Chi vuole guadagnarsi uno stipendio decente deve aspettare degli anni. (= Quelli che vogliono … devono aspettare …) *Diejenigen, die anständig verdienen wollen, müssen Jahre warten./Wer anständig verdienen will, muss Jahre warten.* Ammiro il coraggio di chi decide di andare all'estero. (Ammiro il coraggio di quelli che decidono …) *Ich bewundere den Mut derjenigen, die sich dazu entscheiden, ins Ausland zu gehen.*	Dem **Relativpronomen** *chi* geht **kein Bezugswort** voraus. Es bezieht sich **verallgemeinernd** auf **Personen**. Im Deutschen muss man sich häufig mit der Konstruktion „derjenige, der" (o. Ä.) behelfen.

10.4 L'avverbio Das Adverb

Zur näheren Bestimmung von Verben, Adjektiven, anderen Adverbien sowie ganzen Sätzen dienen im Deutschen wie im Italienischen bekanntermaßen die Adverbien.
Neben vielen bereits bekannten „reinen" Adverbien, wie *sempre*, *oggi*, *domani*, *poi*, *dopo*, *spesso*, *tutto*, etc. lassen sich im Italienischen auch von Adjektiven Adverbien nach ganz bestimmten Regeln ableiten.

10.4.1 Le forme regolari Die regelmäßigen Formen

Adjektive auf -o/-a	Adjektive auf -e
Bei den Adjektiven auf **-o/-a** wird an die **feminine** Form die **Endung -mente** angehängt. solo/a → solamente esatto/a → esattamente	Bei den Adjektiven auf **-e** wird ebenfalls die **Endung -mente** angehängt. veloce → velocemente elegante → elegantemente Bei den Adjektiven auf **-le** und **-re entfällt** das **-e- vor der Endung**. possibile → possibilmente regolare → regolarmente

Occhio!

- Ausnahme: leggero/a → leggermente

10.4.2 Le forme irregolari Die unregelmäßigen Formen

aggettivo	avverbio
buono/a	→ bene
cattivo/a	→ male
migliore	→ meglio
peggiore	→ peggio

10.4.3 Aggettivi al posto degli avverbi Adjektive statt Adverbien

In einigen häufig vorkommenden Wendungen werden im Italienischen Adjektive in adverbialer Funktion verwendet.

andare veloce/piano	schnell/langsam gehen
Il tempo passa veloce.	Die Zeit vergeht schnell.
Questi errori ti costano caro.	Die Fehler kommen dich teuer zu stehen.
parlare/bussare forte/piano	laut/leise sprechen/klopfen
lavorare duro	hart arbeiten

10.4.4 La posizione dell'avverbio Die Stellung des Adverbs

Verben	**Adjektive/Adverben**	**Sätze**
NACH	VOR	SATZANFANG
Adverben stehen nach dem konjugierten Verb, dem *participio passato* und dem Infinitiv.	Adverbien stehen vor Adjektiven und anderen Adverbien.	Adverbien stehen am Satzanfang, wenn sie ganze Sätze näher bestimmen.
Di chi parlate **esattamente**? *Wovon genau sprecht ihr?* "Hai parlato troppo piano. Parla forte!" *„Du hast zu leise gesprochen. Sprich laut!"*	Parliamo di Laura, una ragazza che canta **veramente** bene. *Wir sprechen über Laura, ein Mädchen, das wirlich gut singt.* Laura ha una voce particolarmente adatta alla musica classica, canta **veramente** bene. *Laura hat eine für die klassische Musik besonders geeignete Stimme, sie singt wirklich gut.*	**Probabilmente** diventerà una cantante molto famosa. *Wahrscheinlich wird sie eine sehr berühmte Sängerin.*

10.5 La comparazione degli avverbi Die Steigerung der Adverbien

Nachdem in 9.2 bereits die Steigerung der Adjektive eingeführt wurde, werden im Folgenden die Komparativ- und Superlativformen der Adverbien, mit denen man ebenfalls einen Vergleich ausdrücken kann, vorgestellt. Die Steigerung des Adverbs erfolgt in gleicher Weise wie die des Adjektivs mit *più* bzw. *meno*.

Positiv	Komparativ/relativer Superlativ	absoluter Superlativ
regolarmente	più/meno regolarmente	regolarissimamente
frequentemente	più/meno frequentemente	frequentissimamente
tardi	più/meno tardi	tardissimo

Der absolute Superlativ der abgeleiteten Adverbien mit *-issimamente* ist eher selten und wird oft durch eine Verbindung mit *molto* ersetzt.

10.5.1 Le forme irregolari Sonderformen

	Komparativ	absoluter Superlativ
bene (*gut*)	**meglio** (*besser*)	**benissimo** (*sehr gut*)
male (*schlecht, böse*)	**peggio** (*schlechter*)	**malissimo** (*sehr schlecht*)
molto (*viel*)	**più** (*mehr*)	**moltissimo** (*sehr viel*)
poco (*wenig*)	**meno** (*weniger*)	**pochissimo** (*sehr wenig*)

10.5.2 Il comparativo e il superlativo relativo Der Komparativ und der relative Superlativ

Das Adverb weist im Komparativ und im relativen Superlativ dieselbe Form auf. Ob es sich um einen *comparativo* oder einen *superlativo relativo* handelt, entscheidet der Kontext. Beim relativen Superlativ wird immer eine ganze Gruppe als Vergleichsgröße angegeben.

I miei amici usano il cellulare molto **più frequentemente** di me.
Meine Freunde benutzen das Handy viel häufiger als ich.

Le giovani generazioni usano la rete **più frequentemente** di tutti.
Die junge Generation nutzt das Internet häufiger als alle anderen (= am häufigsten).

Simone lavora **più velocemente** dei suoi compagni di classe.
Simone arbeitet schneller als seine Klassenkameraden (= am schnellsten).

Hannah lavora **meglio** di Simone, che studia **meno** di tutti.
Hannah arbeitet besser als Simone, der am wenigsten von allen lernt.

10.6 Il discorso indiretto del presente Die indirekte Rede im Präsens

Wie im Deutschen lassen sich auch im Italienischen mit der indirekten Rede Äußerungen oder Fragen von anderen Personen wiedergeben.
Die **indirekte Rede** wird dabei mit *che* (= dass) eingeleitet.

Il padre di Nemore: "*Geo* mi interessa molto."
Nemores Vater: „Geo interessiert mich sehr."

→ Il padre di Nemore dice che *Geo* gli interessa molto.
Nemores Vater sagt, dass ihn Geo sehr interessiert.

Die indirekte Entscheidungsfrage (Antwort: Ja bzw. Nein) wird mit *se* (ob) eingeleitet, bei der indirekten Ergänzungsfrage wird das Fragewort beibehalten.

II padre di Nemore chiede a sua figlia: "Ti piace questa trasmissione?"
Nemores Vater fragt seine Tochter: „Magst du diese Sendung?"

→ Il padre di Nemore chiede a sua figlia se le piace quella trasmissione.
Nemores Vater fragt seine Tochter, ob ihr diese Sendung gefällt.

Il padre di Nemore: "Perché non guardi *Geo*?"
Nemores Vater: „Warum siehst du dir Geo nicht an?"

→ Il padre di Nemore vuole sapere perché non guarda *Geo*.
Nemores Vater möchte wissen, wieso sie sich Geo *nicht ansieht.*

Eine indirekte Aufforderung wird durch *di* + Verb im Infinitiv ausgedrückt.

II padre di Nemore: "Guarda *Geo*!"
Nemores Vater: „Schau dir Geo *an!"*

→ Il padre dice a sua figlia di guardare *Geo*.
Der Vater sagt zu seiner Tochter, sie solle sich Geo *anschauen.*

Occhio!

In der indirekten Rede ändern sich sowohl die **Verbendungen** als auch die **Pronomina**:

Nemore dice che non guard**a** spesso la TV.
Il padre di Nemore dice che Geo **gli** interessa molto.

10.7 La concordanza dei modi e dei tempi verbali (I) Die Zeitenfolge (I)

Es gibt drei Möglichkeiten, das Zeitverhältnis zwischen Haupt- und Nebensatz auszudrücken:
- die **Vorzeitigkeit (anteriorità)**: Die Nebensatzhandlung liegt **vor** der des Hauptsatzes.
- die **Gleichzeitigkeit (contemporaneità)**: Haupt- und Nebensatzhandlung passieren gleichzeitig.
- die **Nachzeitigkeit (posteriorità)**: Die Nebensatzhandlung liegt **nach** der des Hauptsatzes.

Dabei hängt das Tempus des Nebensatzes von der im Hauptsatz gebrauchten Zeit ab. In der folgenden Übersicht werden die Zeiten, die sich aus einem Tempus der **Gegenwarts**gruppe (*presente, futuro semplice*) im **Haupt**satz ergeben, vorgestellt.

Modus im Nebensatz	**Hauptsatz**	**Nebensatz**	**Zeitverhältnis**	**Zeit/Modus im Nebensatz**
Indikativ	**Sappiamo** che	**hai letto** tanti libri.	Vorzeitigkeit	*passato prossimo*
	Sono sicura che	**conosci** anche la letteratura tedesca.	Gleichzeitigkeit	*presente*
	Ben **dice** che	un giorno **diventerai** un esperto.	Nachzeitigkeit	*futuro semplice*
congiuntivo presente	**Credo** che	nessuno dei tuoi compagni **abbia** letto tanti libri.	Vorzeitigkeit	*congiuntivo passato*
	È importante che	voi tutti **leggiate** più libri.	Gleichzeitigkeit	*congiuntivo presente*
	Spero che	anche nel futuro **ci saranno/ci siano** i libri di carta.	Nachzeitigkeit	*congiuntivo presente/ futuro semplice*

Autocontrollo 10

1 Congiuntivo o indicativo?

1. Nemore pensa che "La Sapienza" ■ (essere) una buona scelta.
2. I suoi genitori sperano che la facoltà ■ (accettare) la sua domanda.
3. È vero che anche Valerio ■ (scegliere) la facoltà giusta.
4. Per la professoressa è importante che gli studenti ■ (andare) all'estero.
5. Nemore vuole che i suoi genitori ■ (essere) felici.
6. Benché ■ (informarsi) Hannah non sa ancora cosa fare dopo la maturità.
7. Professoressa: "Ragazzi, è utile che ■ (passare) almeno qualche mese all'estero.
8. Spero che vi ■ (essere) informati sulle possibilità di fare un volontariato in un altro paese."

2 Meglio una frase implicita! Trasforma le seguenti frasi secondo il modello:

Credo che abbia sbagliato. → Credo di aver sbagliato.

1. Dubito che io abbia fatto una buona scelta.
2. Ho paura che io non ce la faccia.
3. Hannah pensa che sia felice.
4. Valerio pensa che si sia informato bene.
5. Ornella dubita che sia pronta a vivere all'estero.
6. Speriamo che passiamo l'esame di maturità.

3 Completa con le forme adatte dell'avverbio.

comparativo (+)/(–) e superlativo (++)

1. Tutti – usare – quotidiano – i *mass media*
2. Hannah – usare – lo smartphone – regolare (–) – di Ben
3. Hannah – riuscire a comunicare – bene (++) – su skype
4. Valerio – leggere – un libro – raro (+) – di suo fratello
5. Franziska – trovare – la radio tedesca – male (+) – della radio italiana
6. La verifica di matematica – andare – male (++).

4 Metti le frasi al discorso indiretto.

1. Nemore dice: "Stasera non guardo la TV. Vado al cinema con Ben."
2. Franziska risponde: "Mi piace guardare programmi online."
3. Il padre di Nemore spiega: "A me piace leggere. La mia famiglia mi ha regalato un eBook Reader."
4. La madre di Nemore aggiunge: "Ieri ho letto un libro interessante."

5 Completa le frasi con i verbi al modo e al tempo giusti.

1. So che ■ (lei – leggere) tanti libri. → azione passata
2. Spero che ■ (voi – venire). → azione futura
3. Hannah dubita che "bar" ■ (essere) una parola italiana. → azione contemporanea
4. Simone dice che il professore ■ (parlare) dei dialetti in Italia. → azione passata

Lezione 11

11.1 Le particelle pronominali *ci* e *ne* Die Pronominaladverbien *ci* und *ne*

11.1.1 *Ci*

Das Wort *ci* ist bereits in drei unterschiedlichen Funktionen bekannt:
1. als **Reflexivpronomen**: sbrigarsi: Ci sbrighiamo. (*Wir beeilen uns.*)
2. als **direktes Objektpronomen**: Ci invita per domani. (*Er lädt uns für morgen ein.*)
3. als **indirektes Objektpronomen**: Ci scrive una e-mail. (*Er schreibt uns eine E-Mail.*)

Ci kann auch als **Pronominaladverb** auftreten.

Nel centro di Sorrento c'è una bella gelateria. Perché non **ci** andiamo anche noi? Vorrei andar**ci** con voi. *Im Stadtzentrum von Sorrent gibt es eine schöne Eisdiele. Warum gehen nicht auch wir dorthin? Ich möchte gerne mit euch dort hingehen.* – Vuoi la panna sul gelato? – Sì, metti**ci** la panna. – *Möchtest du Sahne auf dein Eis?* – *Ja, gib Sahne darauf!* – Oggi ti offro io il gelato. **Ci** (= a questo) tengo proprio. – *Heute lade ich dich ein. Darauf lege ich wirklich Wert./ Das ist mir wirklich wichtig.* Sono spesso dai miei nonni perché anche loro hanno sempre un ottimo gelato. **Ci** vado due volte alla settimana. *Ich bin oft bei meinen Großeltern, weil sie immer ein hervorragendes Eis haben. Ich fahre zwei Mal pro Woche dorthin/zu ihnen.*	Als Pronominaladverb ersetzt *ci* eine bereits bekannte (oder als bekannt vorausgesetzte) **Ortsangabe**, die hauptsächlich mit den Präpositionen *a*, *in*, *su* eingeleitet wird. Dazu zählt auch die Präposition *da*, allerdings nur sofern sie den Aufenthalts**ort** von Personen angibt, z. B. dai nonni = a casa dei nonni.
– Vuoi imparare una terza lingua straniera? – Ci devo ancora pensare./Devo ancora pensarci. – *Willst du eine dritte Fremdsprache lernen?* – *Ich muss noch darüber nachdenken.*	***Ci*** ersetzt auch **Ergänzungen mit *a***, die sich auf **Sachen** oder **Sachverhalte** beziehen.

11.1.2 *Ne*

Ähnlich wie beim Pronominaladverb *ci* verhält es sich beim Pronominaladverb *ne*, welches sich wörtlich meist mit „davon" ins Deutsche übersetzen lässt. Es ersetzt damit die im Kontext genannte oder sinngemäß zu ergänzende Kollokation „*di* + (Pro-)Nomen". Es kann auch anstelle von „*da* + Nomen" stehen, sofern die Präposition *da* die Herkunft angibt.

Ci sono **delle frasi** bellissime su Venezia. Certo che **ne** esistono tante, ma te **ne** citerò solo due.
Es gibt wunderschöne Sätze über Venedig. Natürlich gibt es (davon) viele, aber ich werde dir nur zwei (von ihnen) zitieren.

– Hai bisogno **di internet** per le tue ricerche?
– No, non **ne** ho bisogno perché ho i miei libri.
– *Brauchst du das Internet für deine Recherchen?*
– *Nein, ich brauche es nicht, weil ich meine Bücher habe.*

Ne (= di/dei libri) trovi tanti nelle biblioteche.
Du findest viele (davon) in den Bibliotheken.
I libri hanno certi vantaggi. **Ne** (= di questo) ho parlato con il mio professore di storia.
Bücher haben gewisse Vorteile. Darüber habe ich mit meinem Geschichtsprofessor gesprochen.

– Hai già visto la Biblioteca Nazionale di Firenze?
– Sì, certo. **Ne** (= da Firenze oppure: dalla Biblioteca …) sono tornato ieri. Ci ho trovato altri libri utili per le mie ricerche. **Ne** (= di questo) sono proprio contento.
– *Hast du schon die Nationalbibliothek in Florenz gesehen?*
– *Ja, klar. Gestern bin ich von dort zurückgekehrt. Ich habe dort viele weitere nützliche Bücher für meine Recherche gefunden. Darüber bin ich sehr froh.*

Diese Ergänzungen mit *di* können sein:

der Teilungsartikel

ein Ausdruck mit *di* (z. B.: *un po' di, avere bisogno di, …*)
ein Verbanschluss mit *di* (z. B.: *dire di, parlare di, …*)
ein Adjektiv mit *di* (z. B.: *contento di*)

Ne kann auch die Präposition *da* + Nomen ersetzen, sofern dadurch eine Herkunft angegeben wird.

11.2 Il congiuntivo imperfetto Der *congiuntivo imperfetto*

Der *congiuntivo presente* bzw. *passato* ist bereits bekannt. Parallel dazu existiert auch ein *congiuntivo imperfetto*.

11.2.1 Le forme Die Formen

Der *congiuntivo imperfetto* wird mit dem Infinitivstamm und der entsprechenden Endung gebildet.

comprare	sapere	sentire	Endungen
compr**assi**	sap**essi**	sent**issi**	-a/e/issi
compr**assi**	sap**essi**	sent**issi**	-a/e/issi
compr**asse**	sap**esse**	sent**isse**	-a/e/isse
compr**assimo**	sap**essimo**	sent**issimo**	-a/e/issimo
compr**aste**	sap**este**	sent**iste**	-a/e/iste
compr**assero**	sap**essero**	sent**issero**	-a/e/issero

Nota bene

Da die 1. und 2. Person Singular dieselben Formen aufweisen, wird, wenn kein eigenes Subjekt genannt ist, zur Verdeutlichung meist das entsprechende Personalpronomen vorangestellt.

Achte auf die folgenden Formen, die sich vom Präsensstamm ableiten, vgl. die letzte Spalte der folgenden Übersicht:

		Ind. Präs. 3. Pers. Sing.
dire	dicessi, dicessi, dicesse, dicessimo, diceste, dicessero	dice
produrre	producessi, producessi, producesse, producessimo, …	produce
bere	bevessi, bevessi, bevesse, bevessimo, …	beve
comporre	componessi, componessi, componesse, …	compone
trarre	traessi, traessi, traesse, traessimo, …	trae, *lat.* tra(h)ere
fare	facessi, facessi, facesse, facessimo, faceste, facessero	*lat.* facere

Darüber hinaus ist auf folgende Sonderformen zu achten:

essere	fossi, fossi, fosse, fossimo, foste, fossero
stare	stessi, stessi, stesse, stessimo, steste, stessero
dare	dessi, dessi, desse, dessimo, deste, dessero

11.2.2 L'uso del congiuntivo imperfetto Der Gebrauch des *congiuntivo imperfetto*

Der *congiuntivo imperfetto* steht nach Verben, die etwas Subjektives, d. h. einen Wunsch, eine Erwartung, eine Meinung, ein Gefühl, eine Möglichkeit oder einen Zweifel ausdrücken, sowie nach den entsprechenden unpersönlichen Ausdrücken und nach bestimmten Konjunktionen (vgl. 10.1.2).

Ai tempi dei miei nonni era importante che si **iniziasse** a lavorare prima possibile.
Zu Zeiten meiner Großeltern war es wichtig, dass man möglichst schnell anfing zu arbeiten.
Il nonno: Ma i tempi erano diversi. Non era così difficile come oggi che noi tutti **trovassimo** un lavoro. Bastava che **ti impegnassi**.
Mein Großvater: Aber das waren andere Zeiten. Dass wir alle eine Arbeit fanden war nicht so schwierig wie heute. Es genügte, dass man sich anstrengte/du dich anstrengtest.
Lavoravo come calzolaio, cioè producevo scarpe. Nessuno temeva allora che i produttori dall'estero **offrissero** la loro merce a prezzi bassissimi e ci **rendessero** difficile la vita.
Ich arbeitete als Schuhmacher, d. h. ich stellte Schuhe her. Keiner musste damals fürchten, dass Produzenten aus dem Ausland ihre Ware zu sehr niedrigen Preisen anbieten und uns das Leben schwer machen würden.

11.3 Il periodo ipotetico (II) Der Bedingungssatz (II)

Bedingungssätze sind bereits aus 6.4 bekannt. Der zweite der drei Typen (in dem der *congiuntivo imperfetto* im Nebensatz seine Verwendung findet) drückt aus, dass die im Nebensatz angegebene Bedingung als schwer oder überhaupt nicht realisierbar angesehen wird.

mit **se** eingeleiteter **Bedingungssatz** (Nebensatz)	die **Folge** ausdrückender **Hauptsatz**
ausschließlich **congiuntivo imperfetto**	ausschließlich **condizionale presente**
Se non avessi sempre nuovi sogni, *Wenn ich nicht immer neue Träume hätte (haben würde),*	non potrei partire per questa nuova avventura. *könnte ich nicht (würde ich nicht) zu diesem neuen Abenteuer aufbrechen (können).*
Se inventassi ogni giorno qualcosa di nuovo, *Wenn ich jeden Tag etwas Neues erfände (erfinden würde),*	sarei molto ricca. *wäre ich sehr reich (würde ich sehr reich sein).*

Nota bene

- „Würde" wird im *se*-Satz immer mit *congiuntivo imperfetto* wiedergegeben.
- Selbstverständlich kann bei der irrealen Periode auch der Hauptsatz an erster Stelle stehen, z. B.: Non potrei partire per questa nuova avventura se non avessi sempre nuovi sogni. In diesem Fall werden die zwei Sätze nicht durch ein Komma getrennt.
- Nicht zu unterschätzen ist die – psychologisch gesehen – positive Wirkung des Gebrauchs des *congiuntivo imperfetto* bzw. des Konditionalsatzes vom Typ 2 bei der Äußerung eines Wunsches. Ein Satz gegenüber einem störenden Nachbarn wie: Se potesse cercare di fare un po' meno rumore dopo le nove, Le saremmo molto grati. (*Wenn Sie versuchen könnten, nach neun Uhr etwas weniger Lärm zu verursachen, wären wir Ihnen sehr zu Dank verpflichtet.*), klingt viel freundlicher und diplomatischer und wird oft eher die gewünschte Wirkung erzielen als ein bloßer Imperativ: Faccia meno rumore! *(Machen Sie weniger Lärm!).*
  Der Ton, oder grammatikalisch gesprochen, der Modus macht die Musik!

11.4 La messa in rilievo Die Hervorhebung

Die unterschiedlichen Kasusformen ermöglichen dem Deutschen eine freiere Satzstellung als dies im Italienischen der Fall ist. Somit kann ein Element im Satz, das hervorgehoben werden soll, beispielsweise an den Satzanfang treten.
Das Italienische ist stärker an die Abfolge Subjekt – Prädikat – Objekt gebunden und muss sich daher anderer Konstruktionen bedienen, um bestimmte Satzteile hervorzuheben.

Diese so genannte *messa in rilievo* kann auf folgende Weise erfolgen:

- *essere* + Relativsatz (È Hannah che ha comprato una bella borsa. *Hannah hat eine schöne Tasche gekauft.*).
- *essere* + *a* + Infinitiv (È stata Mia ad ammirarla. *Mia hat sie bewundert.*)
- Nachstellung des Subjekts (Mi ha aiutato solo Ben (e nessun altro). *Nur Ben hat mir geholfen (und sonst niemand).*)

- Wiederaufnahme eines Objekts durch ein entsprechendes Pronomen, wie die folgende Übersicht zeigt:

Voranstellung des Objekts + Wiederaufnahme durch ein **unbetontes Objektpronomen** bzw. durch ein **Pronominaladverb**	Voranstellung des **unbetonten Objektpronomens** bzw. **Pronominaladverbs** + Objekt am Ende des Satzes
La borsa **l'**ho comprata al mercatino vicino casa mia. *Die Tasche habe ich auf dem kleinen Markt bei mir in der Nähe gekauft.* A fare la spesa, **ci** pensa mio fratello. *Ans Einkaufen denkt mein Bruder.*	Ve **ne** ho già parlato della mia borsa? *Habe ich euch schon von meiner Tasche erzählt?* **L'**hai già vist**a**, la nuova borsa di Ornella? *Hast du Ornellas neue Tasche schon gesehen?*

11.5 Il passivo nei tempi semplici Das Passiv in den einfachen Zeiten

Mit dem *si passivante* (vgl. 6.3) ist bereits eine Möglichkeit bekannt, im Italienischen das Passiv auszudrücken.

Zusätzlich zu dieser bereits bekannten Konstruktion kann das Passiv auch mit den Hilfsverben *essere + participio passato* und *venire + participio passato* gebildet werden.
Daraus ergibt sich die Notwendigkeit, die Endung des *participio passato* an das Subjekt anzugleichen. In den zusammengesetzten Zeiten (*passato prossimo, trapassato prossimo, futuro anteriore*) und nach Modalverben (*dovere, potere, volere*) kann nur *essere* verwendet werden.

11.5.1 Essere vs. venire

Um den unterschiedlichen Gebrauch von *essere* und *venire* im Passiv zu verdeutlichen, unterscheidet man zwischen einem Zustandspassiv und einem Vorgangspassiv, wobei die Unterscheidung im Präsens und Imperfekt am deutlichsten zu erkennen ist.

	essere + participio passato	**venire + participio passato**
presente	Gli alunni **sono** informati. *Die Schüler **sind** informiert.*	Gli alunni **vengono** informati. *Die Schüler **werden** informiert.*
imperfetto	Gli alunni **erano** informati. *Die Schüler **waren** informiert.*	Gli alunni **venivano** informati. *Die Schüler **wurden** informiert.*
	Zustand bzw. Ergebnis	**Vorgang**

Nota bene
- Die Passivbildung mit *venire* drückt immer einen Vorgang aus.
- Das Passiv mit *essere* kann (außer im *presente* und im *imperfetto*) immer einen Zustand und einen Vorgang ausdrücken.

	essere + participio passato in allen Zeiten möglich	venire + participio passato nur in den einfachen Zeiten möglich
futuro semplice	Gli alunni **saranno** informati. *Die Schüler **werden** informiert **werden**.*	Gli alunni **verranno** informati. *Die Schüler **werden** informiert **werden**.*
condizionale semplice	Gli alunni **sarebbero** informati. *Die Schüler **würden** informiert **werden**.*	Gli alunni **verrebbero** informati. *Die Schüler **würden** informiert **werden**.*
congiuntivo presente	**Dubito** che gli alunni **siano** informati. *Ich bezweifle, dass die Schüler informiert sind.* **Suppongo** che anche la professoressa **sia** invitata. *Ich nehme an, dass auch die Lehrerin eingeladen ist.*	**Dubito** che gli alunni vengano informati. *Ich bezweifle, dass die Schüler informiert werden.* **Suppongo** che anche la professoressa **venga** invitata. *Ich nehme an, dass auch die Lehrerin eingeladen wird.*

11.5.2 Il complemento d'agente Der Urheber im Passivsatz

Der Urheber der Handlung, die mit dem Passiv ausgedrückt wird, wird mit der Präposition *da* angeschlossen. Dieser muss allerdings nicht immer angegeben werden.

La funzionalità e la bellezza erano usate **da** Leonardo per ideare degli oggetti che dovevano servire alla vita quotidiana dei suoi tempi.
*Funktionalität und Schönheit wurden **von** Leonardo dazu genutzt, um Objekte zu ersinnen, die dem täglichen Leben seiner Zeit dienen sollten.*

11.5.3 Il passivo nei tempi composti (II) Das Passiv in den zusammengesetzten Zeiten

In den zusammengesetzten Zeiten (z. B. dem *passato prossimo*) wird das Passiv nur mit *essere* und dem *participio passato* gebildet. Ein Passiv mit *venire* gibt es bei zusammengesetzten Zeiten nicht. Das *participio passato* richtet sich in Genus und Numerus nach dem Subjekt.

	essere + participio passato
passato prossimo	Gli alunni **sono stati** informati. *Die Schüler **sind** informiert (**worden**).*
trapassato prossimo (vgl. 12.1)	Anche la professoressa **era stata invitata**. *Auch die Lehrerin **war** eingeladen **worden**.*

Nota bene
Für die Bildung des Passivs in den zusammengesetzten Zeiten braucht man also zwei *participi passati*, nämlich das von *essere* („stata") als Bestandteil des Hilfsverbs und das des Vollverbs („invitata"). Beide Partizipien richten sich in Numerus und Genus nach dem Subjekt.

Autocontrollo 11

1 ***Ci* o *ne*? Riscrivi le frasi sostituendo le parti sottolineate con la particella giusta.**

1. Non sapeva nulla <u>di questo mestiere</u>.
2. Non aveva più voglia <u>di studiare filosofia</u>.
3. A breve riesce <u>ad aprire il suo atelier laboratorio</u>.
4. Anche la televisione ha parlato <u>della sua storia</u>.
5. Franziska pensa sempre <u>a quello che ha detto Olivia</u>.
6. Olivia prima pensa <u>alla scarpa</u> e poi inizia a lavorare <u>sull'idea</u>.
7. Franziska va spesso <u>in centro</u>.
8. Sono molto contenta <u>di poter fare questo lavoro</u>.

2 **Completa le frasi seguenti usando il periodo ipotetico II.**

Olivia parla:
1. Se non ■ (avere) il coraggio, non ■ (potere) partire per questa nuova avventura.
2. Se non ■ (essere) così creativa, non ■ (aprire) il mio atelier laboratorio.
3. Non ■ (riuscire) a fare pubblicità se non ■ (esserci) i *social*.
4. Se non ■ (fare) l'artigiana, ■ (lavorare) come filosofa.
5. Se non ■ (esistere) il portale "Italian stories", i turisti non ■ (venire).
6. Se non ■ (amare) il mio mestiere, non ■ (essere) felice.
7. Non ■ (guadagnare) abbastanza se i turisti non ■ (comprare) le mie scarpe.
8. Se non ■ (avere) emozioni, non ■ (potere) creare scarpe uniche.
9. Se non ■ (esserci) Guado, gli artigiani delle Marche non ■ (venire) pubblicizzati.

3 **Metti le frasi al passivo usando *essere* (o *venire* quando è possibile).**

1. Leonardo da Vinci ha inventato l'idea del design.
2. Leonardo da Vinci studiava continuamente tutte le arti.
3. Ha usato la funzionalità e la bellezza per ideare degli oggetti.
4. Un nuovo modo di capire l'arte e la natura ispirerà Leonardo da Vinci.
5. Gli studenti devono studiare i capolavori di Leonardo da Vinci in classe.
6. La prof ci ha informato sui capolavori del grande maestro.
7. Domani la prof comunicherà i risultati del testo.
8. La prof ha aiutato gli alunni.

4 **Trasforma le frasi passive in frasi attive.**

1. Il museo è stato costruito nel 1867.
2. Le opere di Leonardo da Vinci vengono ammirate da tutti.
3. La borsa "Pretiosa di Leonardo" è stata creata da Carla Braccialini.
4. *La Gioconda* è stata dipinta da Leonardo Da Vinci.
5. Il museo sarà riaperto venerdì prossimo dal Presidente della Repubblica.
6. Tutti i visitatori vengono controllati.
7. Le regole devono essere rispettate.
8. Gli studenti sono stati criticati dalla prof.

Lezione 12

12.1 Il trapassato prossimo Das Plusquamperfekt

Das Plusquamperfekt oder *trapassato prossimo* ist wie das *passato prossimo* eine **zusammengesetzte Zeit der Vergangenheit**. Sie drückt die Vorvergangenheit aus, steht also für Handlungen, Ereignisse, Zustände, Situationen etc., die sich **vor einer anderen Handlung in der Vergangenheit abgespielt** haben.

Für die Bildung des *trapassato prossimo* sowie für die Wahl des Hilfsverbs und die Angleichung des *participio passato* gelten die gleichen Regeln wie für das *passato prossimo* (Form von *essere* oder *avere* + *participio passato*). Der einzige Unterschied besteht darin, dass bei der Bildung des *trapassato prossimo* das jeweilige Hilfsverb im Imperfekt steht.

portare	**decidere**	**venire**	**ammalarsi**
avevo portato	avevo deciso	ero venuto/a	mi ero ammalato/a
avevi portato	avevi deciso	eri venuto/a	ti eri ammalato/a
aveva portato	aveva deciso	era venuto/a	si era ammalato/a
avevamo portato	avevamo deciso	eravamo venuti/e	ci eravamo ammalati/e
avevate portato	avevate deciso	eravate venuti/e	vi eravate ammalati/e
avevano portato	avevano deciso	erano venuti/e	si erano ammalati/e

Il libro sulla Prima Guerra Mondiale che **avevo comprato** era molto interessante.
Das Buch über den Ersten Weltkrieg, das ich gekauft hatte, war sehr interessant.
Dopo che l'**avevo letto**, ho comprato un libro sulla Seconda Guerra Mondiale.
Nachdem ich es gelesen hatte, habe ich ein Buch über den Zweiten Weltkrieg gekauft.

12.2 Il congiuntivo trapassato Der *congiuntivo trapassato*

Parallel zum *trapassato prossimo* existiert auch im *congiuntivo* eine Zeit, die die **Vorvergangenheit** ausdrückt, nämlich der *congiuntivo trapassato*.
Hauptsächlich findet der *congiuntivo trapassato* im dritten Typ des Bedingungssatzgefüges (vgl. 12.3) Verwendung. Darüber hinaus steht er nach denselben Verben, Ausdrücken und Konjunktionen, die den *congiuntivo* im Allgemeinen auslösen (vgl. 10.1.2 sowie 13.1), und drückt eine Vorzeitigkeit im Vergleich zu einer anderen Handlung in der Vergangenheit aus.

Für die Bildung des *congiuntivo trapassato* sowie für die Wahl des Hilfsverbs und die Angleichung des *participio passato* gelten die gleichen Regeln wie für das *trapassato prossimo*, mit dem einzigen Unterschied, dass die Hilfsverben *avere* oder *essere* im *congiuntivo imperfetto* stehen.

portare	**decidere**	**venire**	**ammalarsi**
avessi portato	avessi deciso	fossi venuto/a	mi fossi ammalato/a
avessi portato	avessi deciso	fossi venuto/a	ti fossi ammalato/a

portare	**decidere**	**venire**	**ammalarsi**
avesse portato	avesse deciso	fosse venuto/a	si fosse ammalato/a
avessimo portato	avessimo deciso	fossimo venuti/e	ci fossimo ammalati/e
aveste portato	aveste deciso	foste venuti/e	vi foste ammalati/e
avessero portato	avessero deciso	fossero venuti/e	si fossero ammalati/e

Non pensavo che tanti partigiani **avessero sacrificato** la loro vita per la lotta contro i fascisti.
Ich dachte nicht, dass so viele Partisanen ihr Leben für den Kampf gegen die Faschisten geopfert hatten. (vgl. 13.4)
Se i partigiani non **avessero sacrificato** la loro vita per la lotta contro i fascisti, l'Italia forse non sarebbe stata liberata.
Wenn die Partisanen ihr Leben nicht für den Kampf gegen die Faschisten geopfert hätten, wäre Italien vielleicht nicht befreit worden. (vgl. 12.3)

12.3 Il periodo ipotetico (III) Der Bedingungssatz (III)

Bedingungssätze sind bereits aus 6.4 und 11.3 bekannt. Der dritte der drei Typen drückt aus, dass die Bedingung, die im Nebensatz angegeben wird, in der Vergangenheit liegt und somit nicht erfüllt werden kann.

mit *se* eingeleiteter **Bedingungssatz** (Nebensatz)	die **Folge** ausdrückender **Hauptsatz**	
ausschließlich **congiuntivo trapassato**	ausschließlich **condizionale passato**	
Se gli italiani **avessero scelto** la monarchia, *Wenn die Italiener sich für die Monarchie entschieden hätten,*	**sarebbe tornato** un re a governare l'Italia? *wäre dann ein König zurückgekehrt, um Italien zu regieren?*	Die angenommene Bedingung bezieht sich auf die Vergangenheit. Sie kann nicht mehr erfüllt werden. (Irrealis der Vergangenheit)

Nota bene

- Nach *se* (wenn, falls) steht **immer** ein *congiuntivo*, nie das *condizionale*!
- Je nach Kommunikationsbedürfnis können der zweite und der dritte Bedingungssatztyp auch gemischt werden:

  Se Simone avesse letto questa rivista, adesso sarebbe informato.
  Wenn Simone diese Zeitschrift gelesen hätte, wäre er jetzt informiert.
  Se sapesse tutto, non avrebbe chiesto.
  Wenn er alles wüsste/wissen würde, hätte er nicht gefragt.

- In der gesprochenen Sprache setzt sich immer stärker der Gebrauch des *imperfetto* durch.
  Se faceva prima, non perdeva l'autobus. (Se avesse fatto prima, non avrebbe perso l'autobus.)

12.4 Il si impersonale al passato prossimo Das si impersonale mit *passato prossimo*

Das *si impersonale* bzw. *si passivante* ist bereits aus 6.3 bekannt. In Sätzen mit *passato prossimo* sind einige Besonderheiten zu beachten.

Ieri ci si è alzat**i** presto e si è partit**i** alle sette. *Gestern ist man früh aufgestanden und ist schon um sieben Uhr aufgebrochen.*	Bei reflexiven und intransitiven Verben (= ohne direktes Objekt) lautet die Endung des Partizips **-i**.
Si è aumentat**a** **la** produzione e si sono inventat**i** nuovi prodott**i**. Così si aveva bisogno di molti lavoratori. *Man hat die Produktion erhöht und neue Produkte erfunden. Also brauchte man viele Arbeiter.* Ma si è vist**o** che mancavano le case per gli operai. Perciò **le** si sono costruit**e** molto presto. *Aber man sah, dass die Häuser für die Arbeiter fehlten. Deshalb baute man sie sehr bald.*	Bei transitiven Verben (= mit direktem Objekt) wird die Endung des *participio passato* an das direkte Objekt angeglichen. Dies gilt auch für die direkten Objektpronomina. Falls kein direktes Objekt vorhanden ist, lautet die Endung des *participio passato* **-o**.

12.5 Il si impersonale con aggettivi e sostantivi Das si impersonale mit Adjektiven und Substantiven

Substantive und Adjektive, die sich bei einem *si impersonale* auf das Subjekt beziehen, stehen im verallgemeinernden Maskulin Plural:

Quando si è informat**i**, si è preparat**i**.
Wenn man informiert ist, ist man vorbereitet.
Quando si era politic**i**, si era sempre in pericolo in quel periodo.
Wenn man Politiker war, war man zu dieser Zeit immer in Gefahr.

Folgt auf das *si impersonale* das Pronominaladverb *ne*, wird *si* zu *se*.

Si parla molto del fascismo in Italia. **Se** ne parla molto anche in altri paesi.
Man spricht in Italien viel über den Faschismus. Man spricht auch in anderen Ländern viel darüber.

Autocontrollo 12

1 **Trasforma le frasi al trapassato prossimo.**

1. Ben ha guardato un documentario sulla guerra.
2. La Prima Guerra Mondiale ha causato una situazione economica drammatica.
3. Nel 1922 Benito Mussolini ha conquistato il potere con la "Marcia su Roma".
4. Mussolini e Hitler si sono incontrati più volte.
5. Hanno condiviso idee e convinzioni politiche.
6. Mussolini e Hitler hanno confermato la loro amicizia nel 1936 con "l'Asse Roma – Berlino".
7. Nel 1943 gli americani e gli inglesi sono sbarcati in Sicilia.

2 **Metti i seguenti verbi al condizionale passato ed al congiuntivo trapassato.**

1. andare (lei)
2. fare (io)
3. arrivare (noi)
4. dormire (loro)
5. informarsi (tu)
6. prendere (loro)
7. mancare (voi)
8. distinguersi (loro)
9. costringere (tu)
10. porre (noi)

3 **Completa le frasi seguenti usando il periodo ipotetico III.**

1. Se non ■ (esserci) i partigiani, l'Italia ■ (essere) ancora nelle mani dei nazifascisti.
2. Se gli italiani ■ (scegliere) la monarchia, un re ■ (governare) l'Italia.
3. Se ■ (nascere) in quel periodo, ■ (emigrare) in America.
4. Se la resistenza mi ■ (chiedere) di collaborare, ■ (lottare) contro i fascisti.
5. Se i partigiani non ■ (lottare) contro i nazisti e i fascisti, l'Italia non ■ (liberare).
6. Come ■ (essere) l'Italia, se i nazifascisti ■ (vincere) la guerra?
7. Se durante il fascismo la gente ■ (usare) parole straniere, ■ (essere) punita.
8. Se nel 1939 i cittadini dell'Alto Adige non ■ (emigrare) in Germania, ■ (dovere accettare) l'italianizzazione.

4 **Costruisci delle frasi con il si impersonale al passato prossimo.**

1. In questi giorni – lavorare poco
2. alzarsi troppo tardi
3. Alla festa – cantare canzoni italiane
4. In quel mese – vedere molti film
5. mangiare molti spaghetti
6. bere molti caffè
7. dormire tanto
8. divertirsi tanto

Lezione 13

13.1 Altri verbi e congiunzioni che richiedono il congiuntivo Weitere Verben und Konjunktionen, die den *congiuntivo* auslösen

In Lektion 10 wurden bereits einige **Konjunktivauslöser** gelernt. Nun kommen noch weitere hinzu.

1. **Konjunktionen**		
benché, sebbene	*obwohl*	konzessiver Sinn
affinché, perché	*damit*	finaler Sinn
a condizione che/purché	*unter der Bedigung, dass*	konditionaler Sinn
prima che	*bevor*	temporaler Sinn
senza che	*ohne dass*	Umstandsbeschreibung
comunque	*wie auch immer*	verallgemeinernd
in modo che	*so, dass*	konsekutiver Sinn

2. Verben, die einen **Zweifel** ausdrücken	
dubitare che … *daran zweifeln, dass*	Dubito che i politici siano in grado di fare qualcosa per i giovani. *Ich bezweifle, dass die Politiker in der Lage sind, etwas für die Jugendlichen zu tun.*
non essere sicuri che … *nicht sicher sein, dass …*	Non siamo sicuri che tutti prendano la decisione giusta. *Wir sind nicht sicher, dass alle die richtige Entscheidung treffen.*

3. Verben, die eine **Vermutung** oder eine **Hypothese** ausdrücken	
presumere che … *vermuten/annehmen, dass …*	Presumo che in futuro si possa gestire il problema solo in ambito europeo. *Ich vermute, dass das Problem in Zukunft nur auf europäischer Ebene geregelt werden kann.*
supporre che … *annehmen/vermuten, dass …*	Parità tra i sessi, suppongo che possa esistere solo a condizione che donne e uomini vengano trattati nello stesso modo. *Ich nehme an, dass es Gleichberechtigung zwischen den Geschlechtern nur unter der Bedingung geben kann, dass Frauen und Männer in derselben Art und Weise behandelt werden.*

13.2 I verbi *lasciare* e *fare* con l'infinito Die Verben *lasciare* und *fare* mit Infinitiv

Das deutsche „lassen" lässt sich im Italienischen auf zwei verschiedene Arten mit jeweils unterschiedlichen Bedeutungen ausdrücken.

- **lasciare** fare qc = etw. machen lassen, im Sinne von: „zulassen/erlauben, dass man etwas macht"
- **fare** fare qc = etw. machen lassen, im Sinne von: „veranlassen, dass jemand etwas macht"

Da beide Verben zum Ausdruck bringen, dass etwas veranlasst wird, werden sie auch als *verbi causativi* bezeichnet.

Oggi il nostro prof **lascia** uscire i suoi alunni prima del solito.
Heute lässt der Lehrer die Schüler früher gehen als gewöhnlich.
(= Er erlaubt ihnen, dass sie …)
Ma normalmente li **fa** lavorare molto.
Aber normalerweise lässt er sie viel arbeiten.
(= Er veranlasst/ordnet an, dass sie …).
Un ragazzo: Spesso **ci fa** imparare a memoria intere pagine da un giorno all'altro.
Ein Junge: Oft lässt er uns von einem Tag auf den anderen ganze Seiten auswendig lernen.

13.3 Il pronome relativo *cui* Das Relativpronomen *cui*

Die Relativpronomina *che* und *cui* sind bereits aus 5.12 bekannt. Während *che* als Subjekt oder direktes Objekt verwendet wird, steht *cui* nach einer Präposition.
Darüber hinaus wird *cui* gebraucht, um einen Besitz bzw. eine Zugehörigkeit anzuzeigen und gibt damit den deutschen Genitiv wieder. Dabei steht *cui* zwischen dem Substantiv, von dem der Genitiv abhängig ist, und dessen bestimmtem Artikel.

La famiglia Rappuoli, **la** (f. Sg.) **cui** passione (f. Sg.) è da più di un secolo coltivare le terre senesi, vi dà il benvenuto.
Die Familie Rappuoli, ***deren*** *Leidenschaft es seit mehr als einem Jahrhundert ist, das Land um Siena zu bestellen, heißt euch willkommen.*
La Sicilia, **le** (f. Pl.!) **cui** bellezze (f. Pl.!) sono conosciute in tutto il mondo, è la regione più grande d'Italia.
Sizilien, dessen Sehenswürdigkeiten (wörtl. Schönheiten) in der ganzen Welt bekannt sind, ist die größte Region Italiens.

13.4 La concordanza dei modi e tempi verbali (II) Die Zeitenfolge im Nebensatz (II)

Die Zeitenfolge im Nebensatz bei einem Hauptsatzverb in einem Tempus der Gegenwartsgruppe ist bereits aus 10.7 bekannt.
In diesem Kapitel soll nun die Zeitenfolge betrachtet werden, die sich ergibt, wenn das Verb im Hauptsatz in einem Tempus der **Vergangenheitsgruppe** (*passato prossimo, imperfetto, trapassato prossimo, passato remoto*) steht.

Modus im Nebensatz	Hauptsatz	Nebensatz	Zeitverhältnis	Zeit/Modus im Nebensatz
Indikativ	**Ha detto** che	**avevano letto** dei libri sulla mafia.	*anteriorità* (Vorzeitigkeit)	*trapassato prossimo*
	Sapevamo che	la mafia **influiva** molto sulla vita della città.	*simultaneità* (Gleichzeitigkeit)	*imperfetto*
	Avevano scritto che	le cosche **sarebbero** di nuovo **diventate** forti.	*posteriorità* (Nachzeitigkeit)	*condizionale passato*

Modus im Nebensatz	Hauptsatz	Nebensatz	Zeitverhältnis	Zeit/Modus im Nebensatz
congiuntivo presente	Non **volevamo** che	la morte di tanti attivisti **fosse stata** inutile.	*anteriorità* (Vorzeitigkeit)	*congiuntivo trapassato*
	Temevo che	meno persone **partecipassero** a "Addiopizzo".	*simultaneità* (Gleichzeitigkeit)	*congiuntivo imperfetto*
	Aveva sperato che	anche il governo **avrebbe sostenuto** il nostro progetto.	*posteriorità* (Nachzeitigkeit)	*condizionale passato*

Die hier beschriebene Zeitenfolge gilt auch, wenn im übergeordneten Satz das *condizionale passato* steht:

Non avrei mai pensato che tante persone **partecipassero/avrebbero** partecipato al nostro progetto.
Ich hätte nie gedacht, dass so viele Leute an unserem Projekt teilnehmen würden.

Occhio!

Steht bei der indirekten Rede das einleitende Verb in einem Tempus der Vergangenheitsgruppe, z. B. *ha detto, hanno aggiunto*, so verändern sich nicht nur die Zeiten im Nebensatz, sondern auch die Zeit- und Ortsangaben:

qui/qua → lì/là
ora → allora
oggi → quel giorno
ieri → il giorno prima
domani → il giorno dopo
stasera → quella sera
la prossima settimana → la settimana dopo
la settima scorsa → la settimana prima
due mesi fa → due mesi prima
tra/fra due mesi → due mesi dopo

Autocontrollo 13

1 Forma delle frasi al congiuntivo presente.

1. I giovani – avere l'impressione – i leader – non interessarsi dei loro problemi
2. Gli italiani – sperare – la situazione economica – cambiare presto
3. Gli anziani – avere forti dubbi – il governo – impegnarsi per il paese
4. I politici – non essere sicuri – il loro partito vincere le elezioni
5. Augurarsi/io – i giovani – non smettere mai di impegnarsi
6. La gente – sperare – la politica – prendere le misure adatte per migliorare la situazione
7. Gli italiani – non sapere se – l'Italia – poter riprendersi

2 Coniuga i verbi al congiuntivo.

1. Finisco tutto prima che ■ (arrivare) gli studenti.
2. Farò di tutto affinché anche tu ■ (potere) partecipare al progetto.
3. Potete organizzare l'evento a condizione che mi ■ (informare).
4. Organizzerò la manifestazione senza che nessuno lo ■ (sapere).
5. Vengono spesi tanti soldi senza che il governo ■ (rendersi) conto della difficile situazione economica.
6. Partecipo alla manifestazione affinché ■ (cambiare) qualcosa.
7. Devo finire i compiti prima che ■ (arrivare) mia madre.
8. Ti racconto tutto purché tu non lo ■ (dire) a nessuno.

3 Trasforma le seguenti frasi usando i verbi *lasciare* o *fare*.

1. I miei genitori mi hanno dato il permesso di navigare in rete fino a tardi.
2. I miei genitori non mi permetterebbero mai di andare in vacanza da solo.
3. Mia madre mi ha dato l'ordine di telefonare tutte le settimane ai nonni.
4. Vi permetterò di uscire stasera.

4 Completa con il pronome relativo e gli articoli giusti.

1. Ho trovato un albergo ■ posizione è molto interessante.
2. Quell'albero, ■ nome non ricordo, è molto bello.
3. È una regione ■ bellezze ambientali regalano grandi emozioni.
4. Ho conosciuto un ragazzo ■ sorelle sono molto simpatiche.
5. La donna ■ figli vengono a scuola con me, mi ha invitato a pranzo.
6. Flavia, ■ cugina viene in palestra con me, è molto sportiva.

5 Completa le frasi con i verbi al modo e al tempo giusti.

1. Non sapevo che ■ (venire – voi) oggi. → azione futura
2. Speravo che ■ (arrivare – tu). → azione passata
3. Non conosceva nessuno che ■ (aiutare – lei). → azione futura
4. Simone voleva che Nemore lo ■ (chiamare). → azione contemporanea
5. Temeva che tu ■ (arrivare) in ritardo. → azione contemporanea
6. Sapevo che voi ■ (tornare) a casa. → azione futura

Lezione 14

14.1 Il passato remoto Das *passato remoto*

Wie das *passato prossimo* wird auch das *passato remoto* zur Wiedergabe von in der Vergangenheit abgeschlossenen Vorgängen gebraucht, aber vor allem in der Schriftsprache verwendet.

Vom *passato prossimo* (der „am nächsten gelegenen Vergangenheit", vgl. lat. *proximus* = der nächste, der letzte) unterscheidet sich das *passato remoto* (die „entfernte/entlegene Vergangenheit", vgl. lat. *remotus* = zurückbewegt, entfernt) dahingehend, dass es für Vorgänge steht, die keinen Bezug mehr zur Gegenwart aufweisen und als weit entrückt wahrgenommen werden. Daher wird es vor allem in literarischen und historischen Texten gebraucht.
Es wird jedoch im Süden Italiens auch in der gesprochenen Sprache – meist anstelle des *passato prossimo* – verwendet.
Für das *passato remoto* und *imperfetto* gelten dieselben Unterschiede wie für das *passato prossimo* und das *imperfetto* (vgl. 9.1.2).

14.1.1 Le forme regolari Die regelmäßigen Formen

cantare	vendere	sentire
cant**ai**	vend**ei** (vend**etti**)	sent**ii**
cant**asti**	vend**esti**	sent**isti**
cant**ò**	vend**è** (vend**ette**)	sent**ì**
cant**ammo**	vend**emmo**	sent**immo**
cant**aste**	vend**este**	sent**iste**
cant**arono**	vend**erono** (vend**ettero**)	sent**irono**

- Da insbesondere die dritte Person Singular und Plural in Erzählungen sowie in geschichtlichen Texten vorkommen, sollte man mit den entsprechenden Endungen gut vertraut sein.
- Die zweite Person Plural des *passato remoto* entspricht der des *congiuntivo imperfetto*.

14.1.2 Le forme irregolari Die unregelmäßigen Formen

avere	**ebbi**	avesti	**ebbe**	avemmo	aveste	**ebbero**
essere	**fui**	fosti	**fu**	fummo	foste	**furono**
fare	**feci**	facesti	**fece**	facemmo	faceste	**fecero**
dire	**dissi**	dicesti	**disse**	dicemmo	diceste	**dissero**
dare	**diedi** (**detti**)	desti	**diede** (**dette**)	demmo	deste	**diedero** (**dettero**)
stare	**stetti**	stesti	**stette**	stemmo	steste	**stettero**
bere	**bevvi**	bevesti	**bevve**	bevemmo	beveste	**bevvero**
vedere	**vidi**	vedesti	**vide**	vedemmo	vedeste	**videro**

Nota bene

- Die zweite Person Singular sowie die erste und zweite Person Plural leiten sich direkt vom Infinitiv ab und sind damit als regelmäßig zu betrachten.
- Die erste und dritte Person Singular sowie die dritte Person Plural hingegen haben denselben, unregelmäßigen Stamm. Deshalb genügt es eigentlich, sich lediglich die erste Person einzuprägen, da alle anderen sich entweder von dieser oder dem Infinitiv ableiten lassen.
- Viele unregelmäßige Formen gehen direkt auf die entsprechenden lateinischen Perfektformen zurück:

lat.	feci	fui	risi	dixi	scripsi
it.	(fare →) feci	(essere →) fui	(ridere →) risi	(dire →) dissi	(scrivere →) scrissi

Folgende drei Gruppen unregelmäßiger Verben im *passato remoto* weisen untereinander gewisse Ähnlichkeiten auf:

1. Endung auf -s

accendere	**accesi**	accendesti	**accese**	accendemmo	accendeste	**accesero**
aggiungere	**aggiunsi**	aggiungesti	**aggiunse**	aggiungemmo	aggiungeste	**aggiunsero**
chiedere	**chiesi**	chiedesti	**chiese**	chiedemmo	chiedeste	**chiesero**
chiudere	**chiusi**	chiudesti	**chiuse**	chiudemmo	chiudeste	**chiusero**
correre	**corsi**	corresti	**corse**	corremmo	correste	**corsero**
decidere	**decisi**	decidesti	**decise**	decidemmo	decideste	**decisero**
dipingere	**dipinsi**	dipingesti	**dipinse**	dipingemmo	dipingeste	**dipinsero**
dividere	**divisi**	dividesti	**divise**	dividemmo	divideste	**divisero**
mettere	**misi**	mettesti	**mise**	mettemmo	metteste	**misero**
perdere	**persi**	perdesti	**perse**	perdemmo	perdeste	**persero**
piangere	**piansi**	piangesti	**pianse**	piangemmo	piangeste	**piansero**
prendere	**presi**	prendesti	**prese**	prendemmo	prendeste	**presero**
proporre	**proposi**	proponesti	**propose**	proponemmo	proponeste	**proposero**
rendere	**resi**	rendesti	**rese**	rendemmo	rendeste	**resero**
ridere	**risi**	ridesti	**rise**	ridemmo	rideste	**risero**
rimanere	**rimasi**	rimanesti	**rimase**	rimanemmo	rimaneste	**rimasero**
rispondere	**risposi**	rispondesti	**rispose**	rispondemmo	rispondeste	**risposero**
scegliere	**scelsi**	scegliesti	**scelse**	scegliemmo	sceglieste	**scelsero**
scendere	**scesi**	scendesti	**scese**	scendemmo	scendeste	**scesero**
sciogliere	**sciolsi**	sciogliesti	**sciolse**	sciogliemmo	scioglieste	**sciolsero**
spegnere	**spensi**	spegnesti	**spense**	spegnemmo	spegneste	**spensero**
spendere	**spesi**	spendesti	**spese**	spendemmo	spendeste	**spesero**
vincere	**vinsi**	vincesti	**vinse**	vincemmo	vinceste	**vinsero**

2. Endung mit Doppelkonsonanten

avere	**ebbi**	avesti	**ebbe**	avemmo	aveste	**ebbero**
bere	**bevvi**	bevesti	**bevve**	bevemmo	beveste	**bevvero**
cadere	**caddi**	cadesti	**cadde**	cademmo	cadeste	**caddero**
conoscere	**conobbi**	conoscesti	**conobbe**	conoscemmo	conosceste	**conobbero**
correggere	**corressi**	correggesti	**corresse**	correggemmo	correggeste	**corressero**
crescere	**crebbi**	crescesti	**crebbe**	crescemmo	cresceste	**crebbero**
dire	**dissi**	dicesti	**disse**	dicemmo	diceste	**dissero**
dirigere	**diressi**	dirigesti	**diresse**	dirigemmo	dirigeste	**diressero**
leggere	**lessi**	leggesti	**lesse**	leggemmo	leggeste	**lessero**
muovere	**mossi**	m(u)ovesti	**mosse**	m(u)ovemmo	m(u)oveste	**mossero**
rompere	**ruppi**	rompesti	**ruppe**	rompemmo	rompeste	**ruppero**
sapere	**seppi**	sapesti	**seppe**	sapemmo	sapeste	**seppero**
scrivere	**scrissi**	scrivesti	**scrisse**	scrivemmo	scriveste	**scrissero**
tenere	**tenni**	tenesti	**tenne**	tenemmo	teneste	**tennero**
trarre	**trassi**	traesti	**trasse**	traemmo	traeste	**trassero**
venire	**venni**	venisti	**venne**	venimmo	veniste	**vennero**
vivere	**vissi**	vivesti	**visse**	vivemmo	viveste	**vissero**
volere	**volli**	volesti	**volle**	volemmo	voleste	**vollero**

3. Verben vom Typ *nascere*

nascere	**nacqui**	nascesti	**nacque**	nascemmo	nasceste	**nacquero**
piacere	**piacqui**	piacesti	**piacque**	piacemmo	piaceste	**piacquero**
tacere	**tacqui**	tacesti	**tacque**	tacemmo	taceste	**tacquero**

Als Beispiel für das *passato remoto* sei hier der Beginn eines bekannten Liedes des berühmten italienischen Liedermachers Angelo Branduardi angeführt:

la fiera: *der Jahrmarkt*
l'est: *der Osten*

Alla fiera dell'est	*Auf dem Jahrmarkt des Ostens*
per due soldi un topolino mio padre **comprò**	*kaufte mein Vater ein Mäuschen für ein bisschen Geld,*
e **venne** il gatto che si **mangiò** il topo …	*da kam die Katze, welche die Maus fraß, …*
e **venne** il cane che **morse** il gatto che …	*da kam der Hund, welcher die Katze biss, …*
e **venne** il bastone che **picchiò** il cane …	*da kam der Stock, welcher den Hund schlug …*
e **venne** il fuoco che **bruciò** il bastone …	*da kam das Feuer, welches den Stock verbrannte …*
e **venne** l'acqua che **spense** il fuoco …	*da kam das Wasser, welches das Feuer löschte …*

14.2 Il gerundio e il participio passato Das Gerund und das Partizip Perfekt

14.2.1 Il gerundio Das Gerund

Das Gerund ist bereits aus der Konstruktion *stare* + *gerundio* bekannt, welche einen Vorgang beschreibt, der „gerade passiert" (vgl. 3.10).
Das Gerund wird aber häufig auch ohne *stare* verwendet. Es ersetzt dann einen Nebensatz temporaler, kausaler, konditionaler, modaler oder konzessiver Sinnrichtung. Dabei stimmen das Subjekt des Gerunds und das des übergeordneten Satzes überein.

Das Gerund endet immer auf *-ndo*.

- Konjugation auf **-are**: -ando (z. B. comprare: comprando)
- Konjugation auf **-ere** und **-ire**: -endo (prendere: prendendo; uscire: uscendo).

Weitere Einzelheiten zur Bildung des Gerunds finden sich in 3.10.

Verwendung:

Sinnrichtung des des Gerundiums (Beziehung zum Hauptsatz)		**anstelle von**
temporal (zeitlich: gleichzeitig oder vorzeitig, siehe unten)	**Guardando** il nuovo film di Brad Pitt al cinema, mi sono addormentato. *Während ich den neuen Film von Brad Pitt im Kino anschaute, bin ich eingeschlafen.*	**Mentre** guardavo …
kausal (Grund)	Non **avendo** voglia di andare a teatro, siamo andati al cinema. *Weil wir keine Lust hatten, ins Theater zu gehen, sind wir ins Kino gegangen.*	**Siccome** non avevamo …
konditional (Angabe einer Bedingung)	**Andando** al cinema regolarmente, conosceresti i film di cui si parla alla TV. *Wenn/Falls du regelmäßig ins Kino gingst, würdest du die Filme kennen, über die man im Fernsehen spricht.*	**Se** andassi …
modal (Angabe der Art und Weise)	**Guardando** un film come *Per qualche dollaro in più* di Sergio Leone, conoscerai il genere *Spaghetti Western.* *Indem du einen Film wie* Per qualche dollaro in più *von Sergio Leone anschaust, lernst du die Gattung* Spaghetti Western *kennen.*	Guardi un film come … e **così/in questo modo** conoscerai …
konzessiv (Angabe einer Einräumung) **immer**: *pur* + Gerund!	**Pur** non **essendo** italiano Klaus capisce tutti i film italiani, anche se sono in dialetto. *Obwohl Klaus kein Italiener ist, versteht er alle italienischen Filme, auch wenn sie im Dialekt sind.*	**Benché** Klaus non sia …

Was die Stellung der unbetonten Objektpronomina sowie der Pronominaladverbien *ci* und *ne* anbelangt, so gilt dieselbe Regel wie beim Infinitiv: Sie werden an die Gerundform angehängt.

Conosco i film di Sergio Leone. Avendo**li** visti tutti, te li posso raccomandare.
Ich kenne die Filme von Sergio Leone. Da ich sie alle gesehen habe, kann ich sie dir empfehlen.
Parlando**ne** con il mio prof, ho capito che conosceva molto bene il film.
Als ich mit meinem Lehrer darüber gesprochen habe, habe ich begriffen, dass er den Film sehr gut kannte.
Adora andare al cinema e andando**ci** così spesso conosce moltissimi film.
Er liebt es, ins Kino zu gehen, und nachdem er so oft geht, kennt er sehr viele Filme.

14.2.2 Il participio passato Das Partizip Perfekt

Auch das Partizip Perfekt kann einen Nebensatz ersetzen. Es erfüllt entweder die Funktion eines Adjektivs (und richtet sich dann in Numerus und Genus nach dem entsprechenden Bezugswort) oder eines Substantivs.

	anstelle von
Prodotto in Italia nel 1964, il film ebbe un enorme successo. *Der im Jahr 1964 in Italien produzierte Film war sehr erfolgreich.*	Il film, che fu prodotto in Italia nel 1964, ebbe un enorme successo. *Der Film, der im Jahr 1964 in Italien produziert wurde, war sehr erfolgreich.*
Premiato con l'Oscar, il film è uno dei più importanti del Neorealismo. *Der mit dem Oscar ausgezeichnete Film ist einer der wichtigsten des Neorealismus.*	Il film che è stato premiato con l'Oscar è uno dei più importanti del Neorealismo. *Der Film, der mit dem Oscar ausgezeichnet wurde, ist einer der wichtigsten des Neorealismus.*
Allarmati dalla violenza del film, molti non vogliono guardarlo. *Von der Gewalt des Films beunruhigt, wollen ihn viele nicht ansehen.*	Siccome molti sono stati allarmati dalla violenza del film, non vogliono guardarlo. *Weil viele von der Gewalt des Films beunruhigt worden sind, wollen sie ihn sich nicht ansehen.*

14.3 I pronomi enclitici Die enklitischen Pronomina

Wie bereits bekannt, werden im Italienischen unbetonte Pronomina direkt an die Verbform angehängt. Sie stehen dann in enklitischer Position bzw. werden dann als enklitische Pronomina bezeichnet. Ihre Verwendung ist in folgenden Fällen verpflichtend:

1. beim **bejahten Imperativ**
Dammi il tuo indirizzo! *Gib mir deine Adresse!* Sì, da**glielo**! *Ja, gib sie ihm!* Eccolo! Conserva**lo** bene! *Hier ist sie! Bewahre sie aber gut auf!*

Nota bene

einsilbiger Imperativ + **Objektpronomen**:
Der **Anlautkonsonant** der Pronomen *mi*, *ti*, *lo*, *la*, *ci*, *vi*, *li* und *le* wird **verdoppelt**.
(Aber: Bei *gli* gibt es **keine Verdoppelung**!)

2. beim einfachen und zusammengesetzen **Infinitiv** in Verbindung mit ***sembrare*** und ***parere***
Pare/Sembra risvegliar**si**/esser**si** risvegliata. *Sie scheint wieder aufzuwachen/aufgewacht zu sein.*

3. beim einfachen und zusammengesetzen **Infinitiv** in Verbindung mit **Präpositionen**
Mi dispiace tanto aver**La** offesa senza voler**lo**. *Es tut mir so leid, dass ich sie beleidigt habe, ohne es zu wollen.*

4. beim **Gerund**
Autori come Italo Calvino hanno dato un grandissimo contributo alla letteratura italiana regalando**ci** il Neorealismo. *Autoren wie Italo Calvino haben einen sehr großen Beitrag zur italienischen Literatur geleistet, indem sie uns den Neorealismus schenkten.*
Ecco il mio indirizzo! Dando**telo** ti prego di non dar**lo** a tutto il mondo. *Hier ist meine Adresse! Wenn ich sie dir gebe, bitte ich dich, sie nicht der ganzen Welt zu geben.*
Avendo**lo** visto solo una volta, non conosco bene questo film. *Nachdem ich ihn nur einmal gesehen habe, kenne ich diesen Film nicht gut.*

5. beim **Partizip Perfekt**, das an die Stelle eines Nebensatzes tritt
Maurizio è stato molto contento della lettera consegnata**gli** ieri. *Maurizio war froh über den Brief, der ihm gestern zugestellt wurde.*
Allontanata**si** dalla mamma, la bambina cominciò a piangere. *Nachdem sich das kleine Mädchen von der Mutter entfernt hatte, fing es an zu weinen.*

Autocontrollo 14

1 Metti i verbi tra parentesi al passato remoto.

Un povero falegname di nome mastro Geppetto, un giorno ■ (ricevere) in regalo un pezzo di legno da un suo amico. "Ne farò un burattino per avere un po' di compagnia" ■ (pensare) mastro Geppetto e ■ (mettersi) a lavorare. Per primo ■ (fare) la testa, ma ecco che improvvisamente due occhiacci ■ (cominciare) a guardarlo fisso fisso, il naso ■ (divenire) sempre più lungo e la bocca ■ (tirare) fuori la lingua. Il povero mastro Geppetto ■ (rimanere) senza parole per la sorpresa. Poi ■ (continuare) a lavorare: ■ (fare) le braccia e le mani ed ecco che ■ (sentirsi) portar via la parrucca dalla testa. Infine il falegname ■ (modellare) le gambe e il burattino, ormai in grado di camminare, ■ (aprire) la porta e ■ (uscire). Così ■ (nascere) il famoso burattino di nome Pinocchio.

2 Trasforma le frasi sottolineate in frasi implicite con il gerundio.

1. Mentre studiavo, pensavo a Nemore.
2. Se studiassi di più, saresti promosso.
3. Simone non viene perché non ha tempo.
4. Anche se va a letto presto, ha sempre sonno.
5. Dopo che ha mangiato un panino, si è sentito subito meglio.
6. Siccome hanno una serata libera, hanno deciso di andare al cinema.
7. Poiché aveva sonno, Flavia è rimasta a casa.
8. Studierà tutto il giorno e così non potrà andare in palestra.

3 Trasforma le seguenti frasi in frasi implicite con il participio.

1. Dopo che era arrivato a casa, Ben ha guardato un film.
2. Questo libro, anche se è stato pubblicato nel 2000, ha ancora un enorme successo.
3. Poiché erano rimasti a casa, Nemore e Simone hanno guardato la TV.
4. Dopo che siamo usciti di casa, abbiamo incontrato i nostri amici.
5. Il film, che è stato ambientato nella Roma del dopoguerra, racconta la storia di una coppia innamorata.
6. Poiché si è trasferito in Francia da piccolo, non ha mai parlato bene l'italiano.

4 Pronomi enclitici. Traduci.

1. Ich möchte dir alles erzählen.
2. Sag ihr nichts! Informiere sie nicht!
3. Frag ihn!
4. Du kannst es ihm schreiben.
5. Sie scheint ihn sehr zu lieben.
6. Erlaube es ihr nicht!
7. Nachdem ich ihn gesehen habe, habe ich mich gefragt …

Übersichtstabellen

Verbtabellen

1. I verbi ausiliari *avere* e *essere* Die Hilfsverben *avere* und *essere*

avere	**presente**	**imperfetto**
io	ho	avevo
tu	hai	avevi
lui/lei/Lei	ha	aveva
noi	abbiamo	avevamo
voi	avete	avevate
loro	hanno	avevano
avere	**passato prossimo**	**trapassato prossimo**
io	ho avuto	avevo avuto
tu	hai avuto	avevi avuto
lui/lei/Lei	ha avuto	aveva avuto
noi	abbiamo avuto	avevamo avuto
voi	avete avuto	avevate avuto
loro	hanno avuto	avevano avuto
avere	**passato remoto**	**trapassato remoto**
io	ebbi	ebbi avuto
tu	avesti	avesti avuto
lui/lei/Lei	ebbe	ebbe avuto
noi	avemmo	avemmo avuto
voi	aveste	aveste avuto
loro	ebbero	ebbero avuto
avere	**futuro semplice**	**futuro anteriore**
io	avrò	avrò avuto
tu	avrai	avrai avuto
lui/lei/Lei	avrà	avrà avuto
noi	avremo	avremo avuto
voi	avrete	avrete avuto
loro	avranno	avranno avuto
avere	**congiuntivo presente**	**congiuntivo imperfetto**
io	abbia	avessi
tu	abbia	avessi
lui/lei/Lei	abbia	avesse
noi	abbiamo	avessimo
voi	abbiate	aveste
loro	abbiano	avessero

avere	**congiuntivo passato**	**congiuntivo trapassato**
io	abbia avuto	avessi avuto
tu	abbia avuto	avessi avuto
lui/lei/Lei	abbia avuto	avesse avuto
noi	abbiamo avuto	avessimo avuto
voi	abbiate avuto	aveste avuto
loro	abbiano avuto	avessero avuto

avere	**condizionale presente**	**condizionale passato**
io	avrei	avrei avuto
tu	avresti	avresti avuto
lui/lei/Lei	avrebbe	avrebbe avuto
noi	avremmo	avremmo avuto
voi	avreste	avreste avuto
loro	avrebbero	avrebbero avuto

avere	**imperativo**	**imperativo negativo**
io	–	–
tu	abbi	non avere
lui/lei/Lei	abbia	non abbia
noi	abbiamo	non abbiamo
voi	abbiate	non abbiate
loro	abbiano	non abbiano

avere	**gerundio**	**participio**
	avendo avendo avuto	avente avuto/avuta avuti/avute

essere	**presente**	**imperfetto**
io	sono	ero
tu	sei	eri
lui/lei/Lei	è	era
noi	siamo	eravamo
voi	siete	eravate
loro	sono	erano

essere	**passato prossimo**	**trapassato prossimo**
io	sono stato/a	ero stato/a
tu	sei stato/a	eri stato/a
lui/lei/Lei	è stato/a	era stato/a
noi	siamo stati/e	eravamo stati/e
voi	siete stati/e	eravate stati/e
loro	sono stati/e	erano stati/e

essere	**passato remoto**	**trapassato remoto**
io	fui	fui stato/a
tu	fosti	fosti stato/a
lui/lei/Lei	fu	fu stato/a
noi	fummo	fummo stati/e
voi	foste	foste stati/e
loro	furono	furono stati/e

essere	**futuro semplice**	**futuro anteriore**
io	sarò	sarò stato/a
tu	sarai	sarai stato/a
lui/lei/Lei	sarà	sarà stato/a
noi	saremo	saremo stati/e
voi	sarete	sarete stati/e
loro	saranno	saranno stati/e

essere	**congiuntivo presente**	**congiuntivo imperfetto**
io	sia	fossi
tu	sia	fossi
lui/lei/Lei	sia	fosse
noi	siamo	fossimo
voi	siate	foste
loro	siano	fossero

essere	**congiuntivo passato**	**congiuntivo trapassato**
io	sia stato/a	fossi stato/a
tu	sia stato/a	fossi stato/a
lui/lei/Lei	sia stato/a	fosse stato/a
noi	siamo stati/e	fossimo stati/e
voi	siate stati/e	foste stati/e
loro	siano stati/e	fossero stati/e

essere	**condizionale presente**	**condizionale passato**
io	sarei	sarei stato/a
tu	saresti	saresti stato/a
lui/lei/Lei	sarebbe	sarebbe stato/a
noi	saremmo	saremmo stati/e
voi	sareste	sareste stati/e
loro	sarebbero	sarebbero stati/e

essere	**imperativo**	**imperativo negativo**
io	–	–
tu	sii	non essere
lui/lei/Lei	sia	non sia
noi	siamo	non siamo
voi	siate	non siate
loro	siano	non siano

essere	**gerundio**	**participio**
	essendo	essente
	stato	stato/stata
		stati/state

2. I verbi in *-are* Die Verben auf *-are*

portare	**presente**	**imperfetto**
io	porto	portavo
tu	porti	portavi
lui/lei/Lei	porta	portava
noi	portiamo	portavamo
voi	portate	portavate
loro	portano	portavano

portare	**passato prossimo**	**trapassato prossimo**
io	ho portato	avevo portato
tu	hai portato	avevi portato
lui/lei/Lei	ha portato	aveva portato
noi	abbiamo portato	avevamo portato
voi	avete portato	avevate portato
loro	hanno portato	avevano portato

portare	**passato remoto**	**trapassato remoto**
io	portai	ebbi portato
tu	portasti	avesti portato
lui/lei/Lei	portò	ebbe portato
noi	portammo	avemmo portato
voi	portaste	aveste portato
loro	portarono	ebbero portato

portare	**futuro semplice**	**futuro anteriore**
io	porterò	avrò portato
tu	porterai	avrai portato
lui/lei/Lei	porterà	avrà portato
noi	porteremo	avremo portato
voi	porterete	avrete portato
loro	porteranno	avranno portato

portare	**congiuntivo presente**	**congiuntivo imperfetto**
io	porti	portassi
tu	porti	portassi
lui/lei/Lei	porti	portasse
noi	portiamo	portassimo
voi	portiate	portaste
loro	portino	portassero

portare	congiuntivo passato	congiuntivo trapassato
io	abbia portato	avessi portato
tu	abbia portato	avessi portato
lui/lei/Lei	abbia portato	avesse portato
noi	abbiamo portato	avessimo portato
voi	abbiate portato	aveste portato
loro	abbiano portato	avessero portato

portare	condizionale presente	condizionale passato
io	porterei	avrei portato
tu	porteresti	avresti portato
lui/lei/Lei	porterebbe	avrebbe portato
noi	porteremmo	avremmo portato
voi	portereste	avreste portato
loro	porterebbero	avrebbero portato

portare	imperativo	imperativo negativo
io	–	–
tu	porta	non portare
lui/lei/Lei	porti	non porti
noi	portiamo	non portiamo
voi	portate	non portate
loro	portino	non portino

portare	gerundio	participio
	portando avendo portato	portante portato/portata portati/portate

Beachte die **Orthografie** bei den Verben auf **-care, -gare:** cerchi, cerchiamo; paghi, paghiamo …

3. I verbi in *-ere* Die Verben auf *-ere*

ripetere	presente	imperfetto
io	ripeto	ripetevo
tu	ripeti	ripetevi
lui/lei/Lei	ripete	ripeteva
noi	ripetiamo	ripetevamo
voi	ripetete	ripetevate
loro	ripetono	ripetevano

ripetere	**passato prossimo**	**trapassato prossimo**
io	ho ripetuto	avevo ripetuto
tu	hai ripetuto	avevi ripetuto
lui/lei/Lei	ha ripetuto	aveva ripetuto
noi	abbiamo ripetuto	avevamo ripetuto
voi	avete ripetuto	avevate ripetuto
loro	hanno ripetuto	avevano ripetuto
ripetere	**passato remoto**	**trapassato remoto**
io	ripetei/ripetetti	ebbi ripetuto
tu	ripetesti	avesti ripetuto
lui/lei/Lei	ripeté/ripetette	ebbe ripetuto
noi	ripetemmo	avemmo ripetuto
voi	ripeteste	aveste ripetuto
loro	ripeterono/ripetettero	ebbero ripetuto
ripetere	**futuro semplice**	**futuro anteriore**
io	ripeterò	avrò ripetuto
tu	ripeterai	avrai ripetuto
lui/lei/Lei	ripeterà	avrà ripetuto
noi	ripeteremo	avremo ripetuto
voi	ripeterete	avrete ripetuto
loro	ripeteranno	avranno ripetuto
ripetere	**congiuntivo presente**	**congiuntivo imperfetto**
io	ripeta	ripetessi
tu	ripeta	ripetessi
lui/lei/Lei	ripeta	ripetesse
noi	ripetiamo	ripetessimo
voi	ripetiate	ripeteste
loro	ripetano	ripetessero
ripetere	**congiuntivo passato**	**congiuntivo trapassato**
io	abbia ripetuto	avessi ripetuto
tu	abbia ripetuto	avessi ripetuto
lui/lei/Lei	abbia ripetuto	avesse ripetuto
noi	abbiamo ripetuto	avessimo ripetuto
voi	abbiate ripetuto	aveste ripetuto
loro	abbiano ripetuto	avessero ripetuto
ripetere	**condizionale presente**	**condizionale passato**
io	ripeterei	avrei ripetuto
tu	ripeteresti	avresti ripetuto
lui/lei/Lei	ripeterebbe	avrebbe ripetuto
noi	ripeteremmo	avremmo ripetuto
voi	ripetereste	avreste ripetuto
loro	ripeterebbero	avrebbero ripetuto

ripetere	imperativo	imperativo negativo
io	–	–
tu	ripeti	non ripetere
lui/lei/Lei	ripeta	non ripeta
noi	ripetiamo	non ripetiamo
voi	ripetete	non ripetete
loro	ripetano	non ripetano
ripetere	**gerundio**	**participio**
	ripetendo avendo ripetuto	ripetente ripetuto/ripetuta ripetuti/ripetute

4. I verbi in *-ire* (senza i verbi in *-isc-*) Die Verben auf *-ire* (ohne Stammerweiterung)

partire	presente	imperfetto
io	parto	partivo
tu	parti	partivi
lui/lei/Lei	parte	partiva
noi	partiamo	partivamo
voi	partite	partivate
loro	partono	partivano
partire	**passato prossimo**	**trapassato prossimo**
io	sono partito/a	ero partito/a
tu	sei partito/a	eri partito/a
lui/lei/Lei	è partito/a	era partito/a
noi	siamo partiti/e	eravamo partiti/e
voi	siete partiti/e	eravate partiti/e
loro	sono partiti/te	erano partiti/e
partire	**passato remoto**	**trapassato remoto**
io	partii	fui partito/a
tu	partisti	fosti partito/a
lui/lei/Lei	partì	fu partito/a
noi	partimmo	fummo partiti/e
voi	partiste	foste partiti/e
loro	partirono	furono partiti/e
partire	**futuro semplice**	**futuro anteriore**
io	partirò	sarò partito/a
tu	partirai	sarai partito/a
lui/lei/Lei	partirà	sarà partito/a
noi	partiremo	saremo partiti/e
voi	partirete	sarete partiti/e
loro	partiranno	saranno partiti/e

partire	**congiuntivo presente**	**congiuntivo imperfetto**
io	parta	partissi
tu	parta	partissi
lui/lei/Lei	parta	partisse
noi	partiamo	partissimo
voi	partiate	partiste
loro	partano	partissero
partire	**congiuntivo passato**	**congiuntivo trapassato**
io	sia partito/a	fossi partito/a
tu	sia partito/a	fossi partito/a
lui/lei/Lei	sia partito/a	fosse partito/a
noi	siamo partiti/e	fossimo partiti/e
voi	siate partiti/e	foste partiti/e
loro	siano partiti/e	fossero partiti/e
partire	**condizionale presente**	**condizionale passato**
io	partirei	sarei partito/a
tu	partiresti	saresti partito/a
lui/lei/Lei	partirebbe	sarebbe partito/a
noi	partiremmo	saremmo partiti/e
voi	partireste	sareste partiti/e
loro	partirebbero	sarebbero partiti/e
partire	**imperativo**	**imperativo negativo**
io	–	–
tu	parti	non partire
lui/lei/Lei	parta	non parta
noi	partiamo	non partiamo
voi	partite	non partite
loro	partano	non partano
partire	**gerundio**	**participio**
	partendo essendo partito	partente partito/partita partiti/partite

5. I verbi in *-ire* (con i verbi in *-isc-*) Die Verben auf *-ire* (mit Stammerweiterung)

finire	**presente**	**imperfetto**
io	finisco	finivo
tu	finisci	finivi
lui/lei/Lei	finisce	finiva
noi	finiamo	finivamo
voi	finite	finivate
loro	finiscono	finivano

finire	passato prossimo	trapassato prossimo
io	ho finito	avevo finito
tu	hai finito	avevi finito
lui/lei/Lei	ha finito	aveva finito
noi	abbiamo finito	avevamo finito
voi	avete finito	avevate finito
loro	hanno finito	avevano finito
finire	**passato remoto**	**trapassato remoto**
io	finii	ebbi finito
tu	finisti	avesti finito
lui/lei/Lei	finì	ebbe finito
noi	finimmo	avemmo finito
voi	finiste	aveste finito
loro	finirono	ebbero finito
finire	**futuro semplice**	**futuro anteriore**
io	finirò	avrò finito
tu	finirai	avrai finito
lui/lei/Lei	finirà	avrà finito
noi	finiremo	avremo finito
voi	finirete	avrete finito
loro	finiranno	avranno finito
finire	**congiuntivo presente**	**congiuntivo imperfetto**
io	finisca	finissi
tu	finisca	finissi
lui/lei/Lei	finisca	finisse
noi	finiamo	finissimo
voi	finiate	finiste
loro	finiscano	finissero
finire	**congiuntivo passato**	**congiuntivo trapassato**
io	abbia finito	avessi finito
tu	abbia finito	avessi finito
lui/lei/Lei	abbia finito	avesse finito
noi	abbiamo finito	avessimo finito
voi	abbiate finito	aveste finito
loro	abbiano finito	avessero finito
finire	**condizionale presente**	**condizionale passato**
io	finirei	avrei finito
tu	finiresti	avresti finito
lui/lei/Lei	finirebbe	avrebbe finito
noi	finiremmo	avremmo finito
voi	finireste	avreste finito
loro	finirebbero	avrebbero finito

finire	imperativo	imperativo negativo
io	–	–
tu	finisci	non finire
lui/lei/Lei	finisca	non finisca
noi	finiamo	non finiamo
voi	finite	non finite
loro	finiscano	non finiscano
finire	**gerundio**	**participio**
	finendo avendo finito	finente finito/finita finiti/finite

Ebenso z. B. capire, preferire, pulire, costruire

6. Verbi irregolari Unregelmäßige Verben

andare *(gehen, fahren)*	indic. pres.	vado, vai, va, andiamo, andate, vanno
	ind. imp.	andavo, andavi, andava, andavamo, andavate, andavano
	futuro	andrò, andrai, andrà, andremo, andrete, andranno
	cond.	andrei, andresti, andrebbe, andremmo, andreste, andrebbero
	cong. pres.	vada, vada, vada, andiamo, andiate, vadano
	cong. imp.	andassi, andassi, andasse, andassimo, andaste, andassero
	participio passato	(essere) andato/a
	imperativo	va', vai *gehe*; vada *gehen Sie*
bere *(trinken)*	indic. pres.	bevo, bevi, beve, beviamo, bevete, bevono
	ind. imp.	bevevo, bevevi, beveva, bevevamo, bevevate, bevevano
	futuro	berrò, berrai, berrà, berremo, berrete, berranno
	cond.	berrei, berresti, berrebbe, berremmo, berreste, berrebbero
	cong. pres.	beva, beva, beva, beviamo, beviate, bevano
	cong. imp.	bevessi, bevessi, bevesse, bevessimo, beveste, bevessero
	participio passato	(avere) bevuto
dare *(geben)*	indic. pres.	do, dai, dà, diamo, date, danno
	ind. imp.	davo, davi, dava, davamo, davate, davano
	futuro	darò, darai, darà, daremo, darete, daranno
	cond.	darei, daresti, darebbe, daremmo, dareste, darebbero
	cong. pres.	dia, dia, dia, diamo, diate, diano
	cong. imp.	dessi, dessi, desse, dessimo, deste, dessero
	participio passato	(avere) dato
	imperativo	da', dai *gib*; dia *geben Sie*

dire *(sagen)*	indic. pres.	dico, dici, dice, diciamo, dite, dicono
	ind. imp.	dicevo, dicevi, diceva, dicevamo, dicevate, dicevano
	futuro	dirò, dirai, dirà, diremo, direte, diranno
	cond.	direi, diresti, direbbe, diremmo, direste, direbbero
	cong. pres.	dica, dica, dica, diciamo, diciate, dicano
	cong. imp.	dicessi, dicessi, dicesse, dicessimo, diceste, dicessero
	participio passato	(avere) detto
	imperativo	di' *sag(e)*; dica *sagen Sie*
dovere *(müssen)*	indic. pres.	devo, devi, deve, dobbiamo, dovete, devono
	ind. imp.	dovevo, dovevi, doveva, dovevamo, dovevate, dovevano
	futuro	dovrò, dovrai, dovrà, dovremo, dovrete, dovranno
	cond.	dovrei, dovresti, dovrebbe, dovremmo, dovreste, dovrebbero
	cong. pres.	debba, debba, debba, dobbiamo, dobbiate, debbano
	cong. imp.	dovessi, dovessi, dovesse, dovessimo, doveste, dovessero
	participio passato	(avere, essere) dovuto
fare *(machen)*	indic. pres.	faccio, fai, fa, facciamo, fate, fanno
	ind. imp.	facevo, facevi, faceva, facevamo, facevate, facevano
	futuro	farò, farai, farà, faremo, farete, faranno
	cond.	farei, faresti, farebbe, faremmo, fareste, farebbero
	cong. pres.	faccia, faccia, faccia, facciamo, facciate, facciano
	cong. imp.	facessi, facessi, facesse, facessimo, faceste, facessero
	participio passato	(avere) fatto
	imperativo	fa'/fai *mach(e)*; faccia *machen Sie*
potere *(können)*	indic. pres.	posso, puoi, può, possiamo, potete, possono
	ind. imp.	potevo, potevi, poteva, potevamo, potevate, potevano
	futuro	potrò, potrai, potrà, potremo, potrete, potranno
	cond.	potrei, potresti, potrebbe, potremmo, potreste, potrebbero
	cong. pres.	possa, possa, possa, possiamo, possiate, possano
	cong. imp.	potessi, potessi, potesse, potessimo, poteste, potessero
	participio passato	(avere, essere) potuto
rimanere *(bleiben)*	indic. pres.	rimango, rimani, rimane, rimaniamo, rimanete, rimangono
	ind. imp.	rimanevo, rimanevi, rimaneva, rimanevamo, rimanevate, rimanevano
	futuro	rimarrò, rimarrai, rimarrà, rimarremo, rimarrete, rimarranno
	cond.	rimarrei, rimarresti, rimarrebbe, rimarremmo, rimarreste, rimarrebbero
	cong. pres.	rimanga, rimanga, rimanga, rimaniamo, rimaniate, rimangano
	cong. imp.	rimanessi, rimanessi, rimanesse, rimanessimo, rimaneste, rimanessero
	participio passato	(essere) rimasto/a

sapere	indic. pres.	so, sai, sa, sappiamo, sapete, sanno
(wissen)	ind. imp.	sapevo, sapevi, sapeva, sapevamo, sapevate, sapevano
	futuro	saprò, saprai, saprà, sapremo, saprete, sapranno
	cond.	saprei, sapresti, saprebbe, sapremmo, sapreste, saprebbero
	cong. pres.	sappia, sappia, sappia, sappiamo, sappiate, sappiano
	cong. imp.	sapessi, sapessi, sapesse, sapessimo, sapeste, sapessero
	participio passato	(avere) saputo
	imperativo	sappi; sappia
scegliere	indic. pres.	scelgo, scegli, sceglie, scegliamo, scegliete, scelgono
(auswählen)	ind. imp.	sceglievo, sceglievi, sceglieva, sceglievamo, sceglievate, sceglievano
	futuro	sceglierò, sceglierai, sceglierà, sceglieremo, sceglierete, sceglieranno
	cond.	sceglierei, sceglieresti, sceglierebbe, sceglieremmo, scegliereste, sceglierebbero
	cong. pres.	scelga, scelga, scelga, scegliamo, scegliate, scelgano
	cong. imp.	scegliessi, scegliessi, scegliesse, scegliessimo, sceglieste, scegliessero
	participio passato	(avere) scelto
sedersi	indic. pres.	mi siedo, ti siedi, si siede, ci sediamo, vi sedete, si siedono
(sich setzen)	ind. imp.	mi sedevo, ti sedevi, si sedeva, ci sedevamo, vi sedevate, si sedevano
	futuro	mi s(i)ederò, ti s(i)ederai, si s(i)ederà, ci s(i)ederemo, vi s(i)ederete, si s(i)ederanno
	cond.	mi s(i)ederei, ti s(i)ederesti, si s(i)ederebbe, ci s(i)ederemmo, vi s(i)edereste, si s(i)ederebbero
	cong. pres.	mi sieda, ti sieda, si sieda, ci sediamo, vi sediate, si siedano
	cong. imp.	mi sedessi, ti sedessi, si sedesse, ci sedessimo, vi sedeste, si sedessero
	participio passato	(essere) seduto/a Mi sono seduto/a. *Ich habe mich gesetzt.* Sono seduto/a. *Ich sitze.*
spegnere	indic. pres.	spengo, spegni, spegne, spegniamo, spegnete, spengono
(*ausschalten*)	ind. imp.	spegnevo, spegnevi, spegneva, spegnevamo, spegnevate, spegnevano
	futuro	spegnerò, spegnerai, spegnerà, spegneremo, spegnerete, spegneranno
	cond.	spegnerei, spegneresti, spegnerebbe, segneremmo, spegnereste, spegnerebbero
	cong. pres.	spenga, spenga, spenga, spegniamo, spegniate, spengano
	cong. imp.	spegnessi, spegnessi, spegnesse, spegnessimo, spegneste, spegnessero
	participio passato	(avere) spento

stare *(bleiben, sein)*	indic. pres.	sto, stai, sta, stiamo, state, stanno
	ind. imp.	stavo, stavi, stava, stavamo, stavate, stavano
	futuro	starò, starai, starà, staremo, starete, staranno
	cond.	starei, staresti, starebbe, staremmo, stareste, starebbero
	cong. pres.	stia, stia, stia, stiamo, stiate, stiano
	cong. imp.	stessi, stessi, stesse, stessimo, steste, stessero
	participio passato	(essere) stato/a
	imperativo	sta'/stai *bleib(e)*; stia *bleiben Sie*
trarre *(ziehen)*	indic. pres.	traggo, trai, trae, traiamo, traete, traggono
	ind. imp.	traevo, traevi, traeva, traevamo, traevate, traevano
	futuro	trarrò, trarrai, trarrà, trarremo, trarrete, trarranno
	cond.	trarrei, trarresti, trarrebbe, trarremmo, trarreste, trarrebbero
	cong. pres.	tragga, tragga, tragga, traiamo, traiate, traggano
	cong. imp.	traessi, traessi, traesse, traessimo, traeste, traessero
	participio passato	(avere) tratto
	imperativo	trai; tragga; traete
uscire *(hinausgehen)*	indic. pres.	esco, esci, esce, usciamo, uscite, escono
	ind. imp.	uscivo, uscivi, usciva, uscivamo, uscivate, uscivano
	futuro	uscirò, uscirai, uscirà, usciremo, uscirete, usciranno
	cond.	uscirei, usciresti, uscirebbe, usciremmo, uscireste, uscirebbero
	cong. pres.	esca, esca, esca, usciamo, usciate, escano
	cong. imp.	uscissi, uscissi, uscisse, uscissimo, usciste, uscissero
	participio passato	(essere) uscito/a
venire *(kommen)*	indic. pres.	vengo, vieni, viene, veniamo, venite, vengono
	ind. imp.	venivo, venivi, veniva, venivamo, venivate, venivano
	futuro	verrò, verrai, verrà, verremo, verrete, verranno
	cond.	verrei, verresti, verrebbe, verremmo, verreste, verrebbero
	cong. pres.	venga, venga, venga, veniamo, veniate, vengano
	cong. imp.	venissi, venissi, venisse, venissimo, veniste, venissero
	participio passato	(essere) venuto/a
volere *(wollen)*	indic. pres.	voglio, vuoi, vuole, vogliamo, volete, vogliono
	ind. imp.	volevo, volevi, voleva, volevamo, volevate, volevano
	futuro	vorrò, vorrai, vorrà, vorremo, vorrete, vorranno
	cond.	vorrei, vorresti, vorrebbe, vorremmo, vorreste, vorrebbero
	cong. pres.	voglia, voglia, voglia, vogliamo, vogliate, vogliano
	cong. imp.	volessi, volessi, volesse, volessimo, voleste, volessero
	participio passato	(avere, essere) voluto

7. Verbi con participi irregolari Weitere Verben mit unregelmäßigen Partizipien

verbi in *-ere* (accento all'infinito sulla **terzultima** sillaba)	
accendere (*anstellen*)	acceso
chiedere (*fragen*)	chiesto
chiudere (*schließen*)	chiuso
correggere (*verbessern*)	corretto
correre (*laufen*)	corso
difendere (*verteidigen*)	difeso
dipingere (*malen*)	dipinto
discutere (*diskutieren*)	discusso
esprimere (*ausdrücken*)	espresso
leggere (*lesen*)	letto
mettere (*setzen, legen*)	messo
nascere (*geboren werden*)	nato/a
perdere (*verlieren*)	perso
piangere (*weinen*)	pianto
prendere (*nehmen*)	preso

verbi in *-ere* (accento all'infinito sulla **terzultima** sillaba)	
raccogliere (*sammeln*)	raccolto
ridere (*lachen*)	riso
risolvere (*lösen*)	risolto
rispondere (*antworten*)	risposto
rompere (*brechen, zerstören*)	rotto
scendere (aussteigen)	sceso/a
scrivere (*schreiben*)	scritto
spendere (*ausgeben*)	speso
vivere (*leben*)	vissuto
accento sulla **penultima** sillaba	
vedere (*sehen*)	visto
verbi in ***-ire***	
aprire (*öffnen*)	aperto
offrire (*anbieten*)	offerto
scoprire (*entdecken*)	scoperto

Collegamenti verbali Verbanschlüsse

1. Verbi seguiti da un pronome diretto o indiretto Verb vor einem direkten oder indirekten Objekt, abweichend vom Deutschen

oggetto diretto	**oggetto indiretto**
aiutare qualcuno	chiedere a qualcuno
ascoltare qualcuno	domandare a qualcuno
aspettare qualcuno	telefonare a qualcuno
ringraziare qualcuno	
seguire qualcuno	
sognare qualcosa	

2. Verbi seguiti da un infinito Verb vor Infinitiv

verbo + fare qualcosa	**verbo + *di* + fare qualcosa**	**verbo + *a* + fare qualcosa**
amare fare qualcosa	avere voglia di fare qualcosa	aiutare a fare qualcosa
desiderare fare qualcosa	cercare di fare qualcosa	invitare a fare qualcosa
lasciare fare qualcosa	pensare di fare qualcosa	cominciare a fare qualcosa
odiare fare qualcosa	permettere di fare qualcosa	continuare a fare qualcosa
preferire fare qualcosa	ricordarsi di fare qualcosa	provare a fare qualcosa
sembrare fare qualcosa	immaginare di fare qualcosa	riuscire a fare qualcosa

Tabella delle preposizioni Präpositionen im Überblick

a	vado/sono a Roma, a Procida, a scuola, alla stazione, al bar, al ristorante, a teatro, al mare, all'estero, allo zoo, all'università, a casa, a letto	Ortsangabe: Stadt, kleine Inseln; häufig öffentliche Orte
	alle otto; a mezzogiorno; a Natale; a volte *(manchmal)*	Zeitangabe
	a 15 anni, all'età di 25 anni	Alter
	alla bolognese, all'italiana, ad alta voce *(mit lauter Stimme)*	Art und Weise
di	una sedia di plastica, un orologio d'oro *(goldene Uhr)*	Material
	un compito di matematica, un gruppo di ragazzi, il professore di francese, il quaderno d'italiano, una giornata di sole	Genauere Erklärung
	essere di Roma, della Sicilia, dell'Italia	Herkunft
	comprare della frutta, delle banane	Unbestimmte Menge
	un litro di latte, un chilo di pesche, un pacchetto di caffè	Nach Mengenangabe
	più grande di me; più sportivo di sua sorella	Beim Vergleich (neben **che**)
da	venire da Napoli, partire da Genova, ricevere un regalo da un amico; sapere da qualcuno	Abfahrtsort, Herkunftsort; Person
	vado/sono/vengo/abito da Maria, dal medico, da mio zio	Ortsangabe (von oder zu einer Person)
	da vent'anni, da due mesi, dal 1998, dalle nove, da sempre	Zeitangabe (seit)
	gli occhiali da sole, la camera da letto, le scarpe da tennis	Funktion einer Sache
in	in piazza di Spagna, in Liguria, in via Merulana, in Francia, in Africa, in Sardegna in macelleria, in farmacia, in discoteca	Ortsangabe: Plätze, Straßen, Regionen, Länder, Kontinente, große Inseln, Geschäfte (v. a. auf -eria, -teca)
	andiamo in bicicletta, in treno, in macchina	Transportmittel
	in primavera; nel 2019, nel mese di agosto in marzo	Zeit: Jahreszeiten und Jahresangabe; Monate
su	sulla sedia, sul letto, sulla spiaggia, sul mare	Ortsangabe (mit sehr engem Kontakt)
	un libro su Casanova, un film su Roma	Themenangabe
per	per un mese, per sempre	Zeit (Dauer)
	per voi, per lavoro, per piacere	Ziel
tra/fra	fra una settimana, fra poco	Zeit (in, bezogen auf die Zukunft)
	fra Roma e Napoli, fra due libri	Ortsangabe (zwischen)

Lösungen der Autocontrollo-Aufgaben

Ingresso

1

1.

g di gatto [g]	g di gelato [dʒ]
gabbia, ragù, dialogo, ghiaccio, funghi, gallo	gioco, giostra, gelosia, agenzia, formaggio, gelato

2.

c di cane [k]	c di cena [tʃ]
cornetto, carbonara, carina, casa, amica, amiche	celeste, ciao, cinese, amici, sedici, difficile

3.

[sk]	[ʃ]
scuola, scherzo, scala, schiuma, scarpe, scuro, scampi	scimmia, sciarpa, sciare, scintilla, scena

2

1. ciao; 2. spaghetti; 3. conoscere; 4. cuore; 5. Ciro

3

1. d; 2. a; 3. b; 4. c; 5. e

4

1. Sono un vicino.
2. Buongiorno, mi chiamo Gabriele.
3. Loro sono i nuovi vicini.
4. Benvenuti a Roma.
5. E tu, come ti chiami?
6. I Neumann sono a Roma.

Lezione 1

1

1. sei ; 2. ha; 3. parlate; 4. studiate;5. si chiamano; 6. cerchi; 7. paghiamo; 8. sto; 9. frequenta; 10. sono

2

1. Il mio gatto è grande e bello.
2. Le mie amiche sono molto simpatiche.
3. Nemore è di origine eritrea.
4. Hannah è tedesca.
5. Hannah e Ben sono molto simpatici.
6. I tedeschi sono di Lipsia.

3

la porta – lo specchio – l'armadio – l'asciugamano – lo stereo – il televisore – la lampada – i quadri – la scrivania – lo yogurt

4

la camera – i bagni – la sedia – i quadri – le lampade – le insalate – gli stereo – gli asciugamani – i computer – la radio

5

1. Ecco la nostra camera: il mio letto, la mia scrivania e il nostro computer.
2. Il mio fumetto preferito è *Mafalda*.
3. Dov'è il mio dizionario?
4. I suoi libri sono dappertutto.
5. Hannah chatta con le sue amiche.
6. Marta e Gabriele cercano i loro cellulari.

6

1. La camera di Ben è grande.
2. Ci sono due scaffali.
3. C'è anche il suo pianoforte.
4. I suoi libri sono vecchi.
5. In camera di Hannah c'è uno stereo.
6. Gli asciugamani sono in bagno.

Lezione 2

1

1. Lavinia non ha nove anni.
2. Lavinia non frequenta il liceo.
3. Valerio non frequenta l'Istituto Tecnico Industriale.
4. I Monti non hanno un gatto e due tartarughe.

2

Simone racconta:
Ecco **i miei** nonni. **Mia** nonna si chiama Vittoria e **mio** nonno si chiama Carlo. **La loro** figlia è **la mia** mamma. La sorella di **mia** madre si chiama Anna. È **mia** zia. **Suo** marito si chiama Francesco. **Le mie** cugine si chiamano Chiara e Gabriella.

3

uno specchio – un piatto – una tovaglia – un asciugamano – una forchetta – un cucchiaio – un'acqua minerale – un bicchiere – una bottiglia – un tovagliolo

4

1. c oder e; 2. d, 3. c oder e; 4. a; 5. b; 6. f

5

1. È italiana?
2. Beve l'acqua naturale o frizzante?
3. Come sta?
4. Come si chiama?
5. Dove abita?
6. Quanti anni ha?

6

1. Abitiamo al primo piano.
2. Mia madre è molto simpatica.
3. Mio zio si chiama Simone.
4. Bevo acqua frizzante.
5. I dolci italiani mi piacciono tanto.
6. Le mie cugine abitano a Firenze.
7. I dolci italiani mi piacciono tanto.
8. Oggi sto molto bene.

Lezione 3

1

1. dici; 2. conosce; 3. scendono; 4. finisci; 5. capiamo; 6. preferiamo; 7. fate ; 8. so; 9. va; 10. danno

2

1. Quale; 2. Dov'; 3. Quando; 4. Chi/Qual; 5. Perché; 6. Cosa; 7. Quanto; 8. Qual

3

1. Questi panini qui sono al prosciutto. Quelli lì sono al formaggio.
2. Questa pizzetta qui è con la mozzarella. Quella lì è senza.
3. Prendi questo gelato qui o preferisci quello lì?
4. Ecco le pizze: questa è per te e quella lì è per tuo fratello.
5. Di chi sono questi bicchieri qui?
6. Quei tramezzini lì sono caldi.

4

1. Simone sta leggendo un libro.
2. I ragazzi stanno parlando.
3. Ben, stai pulendo la lavagna?
4. Ragazzi, perché state copiando?

5. Noi stiamo scherzando.
6. Ben, stai facendo i compiti?

5

Lavinia: No, non **voglio** fare i miei compiti adesso. Perché non **posso** fare i compiti domani?
Madre: Domani **dobbiamo** andare dai nonni. Non **puoi** rimanere a casa.
Lavinia: Perché **devo** venire con te?
Madre: Perché i nonni **vogliono** vedere la loro nipote. Viene anche tuo cugino. Così **potete** giocare insieme.
Lavinia: Sandro non **sa** giocare perché **vuole** sempre vincere.

6

1. L'insegnante dà un nove a Gemma.
2. Il pomeriggio lei telefona a Ben.
3. Adesso io do uno schiaffo a qualcuno.
4. Dai una mano a mia sorella?
5. Prima io faccio i compiti e poi chiamo Gemma.
6. Preferisci chiedere tu a Gemma?

Lezione 4

1

1. Vieni; 2. vengo – Viene; 3. vengono; 4. venire; 5. venite; 6. veniamo

2

1. Mangia – non giocare; 2. Andate – perdete; 3. Finisci – apparecchia; 4. dormite – Fate; 5. Apri – vieni; 6. Stia – faccia – abbia; 7. da'; 8. dia

3

1. Perché non metti i biglietti **nella** tasca e il cellulare **nella** valigia?
2. Dobbiamo andare **al** supermercato.
3. Vado **all**'edicola per comprare *La Gazzetta* ***dello*** *Sport*.
4. **Sulla** scrivania ci sono i biglietti. Ci incontriamo **allo** stadio.
5. Partiamo **dalla** Fontana di Trevi?

4

1. tutta la; 2. tutti i – tutte le; 3. tutto il; 4. Tutti i; 5. tutto il; 6. Tutte le

5

Franziska: Vorrei **della** frutta. **Delle** ciliegie e **dell**'uva.
Fruttivendolo: Quanta **ne** vuole?
Franziska: Mezzo chilo **di** ciliegie e un chilo **di** uva. Mi dia anche **delle** albicocche!
Fruttivendolo: Quante **ne** vuole?
Franziska: **Ne** vorrei cinque. E poi **degli** spinaci e **dei** pomodori.
Fruttivendolo: Quanti, signora?
Franziska: Allora, prendo tre etti **di** spinaci e quattro etti **di** pomodori.

Lezione 5

1 mi sveglio – mi alzo – farmi – mi lavo – mi vesto – si alzano – sbrigarsi – vi alzate

2
1. una gonna rosso fuoco
2. la scarpa marrone/le scarpe marroni
3. la camicetta verde/le camicette verdi
4. gli stivali celesti
5. il maglione rosa
6. il vestito giallo
7. una cintura blu
8. i pantaloni grigi
9. la maglietta verde chiaro
10. la felpa arancione/le felpe arancioni

3
1. Guarda **quei** pantaloni lì. Sono davvero **belli**.
2. Ti piacciono questi **bei** jeans oppure questa **bella** gonna verde?
3. Preferisco **quella** nera lì. Guarda **quegli** stivali lì. Sono **belli**. Mi piacciono anche queste **belle** giacche qui.
4. Mi piace questo **bel** vestito bianco.
5. Tutto è molto **bello**.

4
1. Abbiamo lavorato tutti i giorni.
2. Perché non avete dormito fino a tardi?
3. Ho dovuto fare i compiti.
4. Hannah e Ben sono andati a letto tardi.
5. I miei amici sono partiti alle sette.
6. Ragazzi, avete fatto una passeggiata?
7. Le mie amiche si sono alzate tardi.
8. Hai letto un libro in classe?
9. Gemma, sei uscita con Ben?
10. A Elisabetta non è piaciuto lo sport.
11. Hannah e Ornella si sono allenate nel parco.
12. Ornella ha corso cinque chilometri.
13. È stata una bella festa! È durata fino a tardi.
14. I soldi sono bastati.
15. Ho viaggiato in treno.
16. Hannah è riuscita a nuotare un chilometro.
17. Il concerto è iniziato alle nove.
18. La cantante ha iniziato il concerto alle nove.

5
1. In questo negozio non trovo niente.
2. Le giacche non mi piacciono affatto/proprio.
3. Non abbiamo mai trovato qualcosa/niente di bello qui.
4. Il negozio non ha né cose belle né prezzi buoni.
5. Non hanno nemmeno/neanche/neppure una bella vetrina.

6 1. che; 2. di cui; 3. che; 4. con cui; 5. a cui; 6. per cui

Lezione 6

1 1. lo; 2. la; 3. potete aiutarmi/mi potete aiutare – li – chiamaci; 4. le; 5. li; 6. La

2
1. Posso chiamarla stasera./La posso chiamare stasera.
2. Non vogliamo farli a scuola./Non li vogliamo fare a scuola.
3. Vado a trovarli domani./Li vado a trovare domani.
4. Leggile!
5. Chiamatelo!
6. Dallo a Gemma!
7. Non dimenticarli sulla scrivania!/Non li dimenticare sulla scrivania!
8. Simone, puliscila!

3
1. avrà
2. parleranno
3. sarà
4. berrà
5. dovremo
6. potrai
7. farete
8. daranno
9. vorranno
10. verrò

4
1. Se farà troppo caldo, andremo al mare.
2. Se andiamo a Roma, visiteremo il Colosseo.
3. Se pioverà, compreremo un ombrello.
4. Se il museo è chiuso, resterò a casa.
5. Se non avremo scuola, faremo una gita.
6. Se vuoi andare a casa, ti accompagnerò.
7. Se andremo al concerto, ci divertiremo.
8. Se si allena tutti i giorni, vincerà di sicuro.

5
1. Si legge un fumetto.
2. Si visitano i musei.
3. Si chiedono informazioni alle persone.
4. Si fa shopping.
5. Ci si allena nel parco.
6. Si mangia una pizza.
7. Si beve un caffè.
8. Si ascolta la musica.

Lezione 7

1
1. – No, **mi** dispiace. Vuoi lasciar**gli** un messaggio?
   – No, grazie. **Gli** telefono stasera.
   – Chiama**lo** nel pomeriggio.
2. Gemma non c'è; **le** ho mandato un messaggio.
3. Cari mamma e papà, **vi** voglio tanto bene.
4. Domani non possiamo venire, **ci** ha invitati mia nonna.
5. **Li** ho aspettati tutto il giorno, ma non sono venuti.
6. Posso chieder**Le** un favore, signor Neumann?
7. Non ho il dépliant perché **l'**ho dato a Ornella.
8. Aiuta**li**!
9. Ragazzi, ascoltate**ci**!
10. Signora, **La** ringrazio!

2

1. Chi la organizza?
2. Flavia le porta.
3. Gemma li compra.
4. Puoi chiamarlo?/Lo puoi chiamare?
5. Su, mandalo!
6. Li inviti?
7. Voglio invitarli./Li voglio invitare.
8. Chi lo compra?

3

1. andrebbero; 2. mangerebbero; 3. mi rilasserei; 4. vedresti; 5. dovrei; 6. verrebbe; 7. leggerebbe; 8. prendereste; 9. vorremmo; 10. sarebbe

4

1. Cosa faresti/avresti fatto al posto mio?
2. Visiterei il museo.
3. Ti avrei accompagnato volentieri.
4. Ti avrei dovuto chiamare prima.
5. Mia madre non mi permetterebbe di uscire.
6. Ragazzi, vi piacerebbe uscire con noi stasera?
7. Quest'anno in estate andremmo volentieri in vacanza in Germania.
8. I nostri amici sarebbero venuti a trovarci, ma in questo momento non hanno tempo.

Lezione 8

1

1. Te la concedo volentieri.
2. Glielo chiediamo stasera.
3. Sì, gliel'ho mandato.
4. Sì, ce le ha date.
5. No, non glielo compra.
6. Sì, te la posso dare./Sì, posso dartela.

2

1. c; 2. b; 3. a; 4. a; 5. a; 6. b

3

1. Ornella gliela spiega.
2. Chi te l'ha consigliata?
3. Ornella ce le ha date.
4. Nemore gliel'ha mandato.
5. Nemore glielo mostra.
6. Glielo posso chiedere./Posso chiederglielo.

4

1. Questa è la tua penna. Te la do.
2. I compiti sono difficili. Nemore ce li spiega.
3. La sua storia è interessante. La professoressa gliela racconta.
4. La maglia è bella. Te la compriamo.
5. Questo è il mio testo. Te lo posso mostrare./Posso mostrartelo.
6. – Ci puoi dare/Puoi darci il tuo libro di matematica? – No, non ve lo posso dare./No, non posso darvelo. L'ho perso.

Lezione 9

1

1. eri
2. conosceva
3. si trovavano
4. producevi
5. potevamo
6. preferivamo
7. dovevate
8. avevo
9. andava
10. davano

2 Franziska racconta:
Quando **ero** piccola, **andavo** sempre dai miei nonni. Mentre mia nonna **cucinava**, **giocavo** con mio nonno. Dopo pranzo e dopo aver fatto i compiti **uscivamo** e **stavamo** fuori. **Andavamo** in bicicletta o **giocavamo** a calcio. I miei nonni **erano** molto attivi. Non ricordo mai di averli visti seduti, **facevano** sempre qualcosa. Un giorno **sono andata** a trovarli ma non **c'erano** a casa. Mia madre mi **ha detto** che **erano** in ospedale perché mio nonno non **stava** bene. **Ero** molto preoccupata e così **ho deciso** di andare a trovarlo in ospedale. Quando **sono arrivata**, mio nonno mi **ha detto**: "Non ti preoccupare! Non mi manca niente!

3
1. Eros Ramazzotti è **più grande di** Jovanotti.
2. In Germania Lucio Dalla è **meno famoso di** Adriano Celentano.
3. Secondo Marta, cantautori come Lucio Dalla e Lucio Battisti erano **migliori di** tanti altri.
4. Vasco Rossi è **il più popolare** cantante rock italiano.
5. I testi non erano **meno importanti della** musica.
6. I cantanti italiani sono **bravissimi.**
7. Ascoltare la musica classica è **più rilassante che** ascoltare la musica pop.
8. In Germania Luciano Pavarotti è **tanto famoso quanto** Andrea Bocelli.
9. Per Flavia, la musica classica è **bellissima.**
10. In Germania Tiziano Ferro è **più conosciuto di** Biagio Antonacci.

4
1. Hannah è una ragazza brava e una cara amica.
2. Marta ascolta la nuova canzone di Gianna Nannini.
3. Anna Tatangelo è una cantante italiana.
4. È una canzone veramente triste.
5. Hannah ha uno smartphone rosso.
6. Questo articolo è interessante.
7. È una vecchia amica di mia madre.
8. È una brava ragazza.

Lezione 10

1 1. sia; 2. accetti; 3. ha scelto; 4. vadano; 5. siano; 6. si sia informata; 7. passiate; 8. siate

2
1. Dubito di aver fatto una buona scelta.
2. Ho paura di non farcela.
3. Hannah pensa di essere felice.
4. Valerio pensa di essersi informato bene.
5. Ornella dubita di essere pronta a vivere all'estero.
6. Speriamo di passare l'esame di maturità.

3
1. Tutti usano quotidianamente i *mass media.*
2. Hannah usa lo smartphone meno regolarmente di Ben.
3. Hannah riesce a comunicare benissimo su skype.
4. Valerio legge un libro più raramente di suo fratello.
5. Franziska trova la radio tedesca peggio della radio italiana.
6. La verifica di matematica è andata malissimo.

4

1. Nemore dice che stasera non guarda la TV e che va al cinema con Ben.
2. Franziska risponde che le piace guardare programmi online.
3. Il padre di Nemore spiega che a lui/gli piace leggere e che la sua famiglia gli ha regalato un eBook Reader.
4. La madre di Nemore aggiunge che ieri ha letto un libro interessante.

5

1. So che **ha letto** tanti libri. → azione passata
2. Spero che **verrete/veniate**. → azione futura
3. Hannah dubita che "bar" **sia** una parola italiana. → azione contemporanea
4. Simone dice che il professore **ha parlato** dei dialetti in Italia. → azione passata

Lezione 11

1

1. Non ne sapeva nulla.
2. Non ne aveva più voglia.
3. A breve ci riesce.
4. Anche la televisione ne ha parlato.
5. Franziska ci pensa sempre.
6. Olivia prima ci pensa e poi inizia a lavorarci.
7. Franziska ci va spesso.
8. Ne sono molto contenta.

2

Olivia parla:
1. Se non **avessi** il coraggio, non **potrei** partire per questa nuova avventura.
2. Se non **fossi** così creativa, non **aprirei** il mio atelier laboratorio.
3. Non **riuscirei** a fare pubblicità se non **ci fossero** i *social*.
4. Se non **facessi** l'artigiana, **lavorerei** come filosofa.
5. Se non **esistesse** il portale "Italian stories", i turisti non **verrebbero**.
6. Se non **amassi** il mio mestiere, non **sarei** felice.
7. Non **guadagnerei** abbastanza se i turisti non **comprassero** le mie scarpe.
8. Se non **avessi** emozioni, non **potrei** creare scarpe uniche.
9. Se non **ci fosse** Guado, gli artigiani delle Marche non **verrebbero** pubblicizzati.

3

1. L'idea del design è stata inventata da Leonardo da Vinci.
2. Tutte le arti venivano studiate continuamente da Leonardo da Vinci.
3. La funzionalità e la bellezza sono state usate per ideare degli oggetti.
4. Leonardo da Vinci sarà/verrà ispirato da un nuovo modo di capire l'uomo e la natura.
5. I capolavori di Leonardo da Vinci devono essere studiati in classe.
6. Siamo stati informati dalla prof sui capolavori del grande maestro.
7. Domani i risultati del test saranno comunicati dalla prof.
8. Gli alunni sono stati aiutati dalla prof.

4

1. Nel 1867 hanno costruito il museo.
2. Tutti ammirano le opere di Leonardo da Vinci.
3. Carla Braccialini ha creato la borsa "Pretiosa di Leonardo".
4. Leonardo da Vinci ha dipinto *La Gioconda*.
5. Il Presidente della Repubblica riaprirà il museo venerdì prossimo.
6. Controllano tutti i visitatori.
7. Dobbiamo rispettare le regole.
8. La prof ha criticato gli studenti.

Lezione 12

1

1. Ben **aveva** guardato un documentario sulla guerra.
2. La Prima Guerra Mondiale **aveva** causato una situazione economica drammatica.
3. Nel 1922 Benito Mussolini **aveva** conquistato il potere con la "Marcia su Roma".
4. Mussolini e Hitler **si erano** incontrati più volte.
5. **Avevano** condiviso idee e convinzioni politiche.
6. Mussolini e Hitler **avevano** confermato la loro amicizia nel 1936 con "l'Asse Roma – Berlino".
7. Nel 1943 gli americani e gli inglesi **erano** sbarcati in Sicilia.

2

1. sarebbe andata – fosse andata
2. avrei fatto – avessi fatto
3. saremmo arrivati/e – fossimo arrivati/e
4. avrebbero dormito – avessero dormito
5. ti saresti informato/a – ti fossi informato/a
6. avrebbero preso – avessero preso
7. sareste mancati/e – foste mancati/e
8. si sarebbero distinti/e – si fossero distinti/e
9. avresti costretto – avessi costretto
10. avremmo posto – avessimo posto

3

1. Se non **ci fossero stati** i partigiani, l'Italia **sarebbe stata** ancora nelle mani dei nazifascisti.
2. Se gli italiani **avessero scelto** la monarchia, un re **avrebbe governato** l'Italia.
3. Se **fossi nato/a** in quel periodo, **sarei emigrato/a** in America.
4. Se la resistenza mi **avesse chiesto** di collaborare, **avrei lottato** contro i fascisti.
5. Se i partigiani non **avessero lottato** contro i nazisti e i fascisti, l'Italia non **sarebbe stata** liberata.
6. Come **sarebbe stata** l'Italia, se i nazifascisti **avessero vinto** la guerra?
7. Se durante il fascismo la gente **avesse usato** parole straniere, **sarebbe stata** punita.
8. Se nel 1939 i cittadini dell'Alto Adige non **fossero emigrati** in Germania, **avrebbero dovuto accettare** l'italianizzazione.

4

1. In questi giorni si è lavorato poco.
2. Ci si è alzati troppo tardi.
3. Alla festa si sono cantate canzoni italiane.
4. In quel mese si sono visti molti film.
5. Si sono mangiati molti spaghetti.
6. Si sono bevuti molti caffè.
7. Si è dormito tanto.
8. Ci si è divertiti tanto.

Lezione 13

1

1. I giovani hanno l'impressione che i leader non si interessino dei loro problemi.
2. Gli italiani sperano che la situazione economica cambi presto.
3. Gli anziani hanno forti dubbi che il governo si impegni per il paese.
4. I politici non sono sicuri che il loro partito vinca le elezioni.
5. Mi auguro che i giovani non smettano mai di impegnarsi.
6. La gente spera che la politica prenda le misure adatte per migliorare la situazione.
7. Gli italiani non sanno se l'Italia possa riprendersi.

2

1. arrivino; 2. possa; 3. informiate; 4. sappia; 5. si renda; 6. cambi; 7. arrivi; 8. dica

3

1. I miei genitori mi **hanno lasciato** navigare in rete fino a tardi.
2. I miei genitori non mi **lascerebbero** mai andare in vacanza da solo.
3. Mia madre mi **faceva** telefonare tutte le settimane ai nonni.
4. Vi **lascerò** uscire stasera.

4

1. la cui; 2. il cui; 3. le cui; 4. le cui; 5. i cui; 6. la cui

5

1. Non sapevo che **sareste venuti/e** oggi. → azione futura
2. Speravo che **fossi arrivato/a**. → azione passata
3. Non conosceva nessuno che **l'avrebbe aiutata**. → azione futura
4. Simone voleva che Nemore lo **chiamasse**. → azione contemporanea
5. Temevo che tu **arrivassi** in ritardo. → azione contemporanea
6. Sapevo che voi **sareste tornati/e**. → azione futura

Lezione 14

1

Un povero falegname di nome mastro Geppetto, un giorno **ricevette** in regalo un pezzo di legno da un suo amico. "Ne farò un burattino per avere un po' di compagnia" **pensò** mastro Geppetto e **si mise** a lavorare. Per primo **fece** la testa, ma ecco che improvvisamente due occhiacci **cominciarono** a guardarlo fisso fisso, il naso **divenne** sempre più lungo e la bocca **tirò** fuori la lingua. Il povero mastro Geppetto **rimase** senza parole per la sorpresa. Poi **continuò** a lavorare: **fece** le braccia e le mani ed ecco che **si sentì** portar via la parrucca dalla testa. Infine il falegname **modellò** le gambe e il burattino, ormai in grado di camminare, **aprì** la porta e **uscì**. Così **nacque** il famoso burattino di nome Pinocchio.

2

1. Studiando, pensavo a Nemore.
2. Studiando di più, saresti promosso.
3. Non avendo tempo, Simone non viene.
4. Pur andando a letto presto, ha sempre sonno.
5. Mangiando un panino, si è sentito subito meglio.
6. Avendo una serata libera, hanno deciso di andare al cinema.
7. Avendo sonno, Flavia è rimasta a casa.
8. Studiando tutto il giorno, non potrà andare in palestra.

3

1. Arrivato a casa, Ben ha guardato un film./Dopo essere arrivato a casa, Ben ha guardato un film.
2. Pubblicato nel 2000, questo libro ha ancora un enorme successo.
3. Rimasti a casa, Nemore e Simone hanno guardato la TV.
4. Usciti/e di casa, abbiamo incontrato i nostri amici.
5. Ambientato nella Roma del dopoguerra, il film racconta la storia di una coppia innamorata.
6. Trasferitosi in Francia da piccolo, non ha mai parlato bene l'italiano.

4

1. Voglio/Vorrei/Desidero raccontarti tutto.
2. Non dirle niente! Non informarla!
3. Chiediglielo! Domandaglielo!
4. Glielo puoi scrivere./Puoi scriverglielo.
5. Sembra amarlo molto.
6. Non glielo permettere./Non permetterglielo!
7. Avendolo visto, mi sono chiesto/a …

Stichwortverzeichnis